FANTASY

Die Welt der DRACHENLANZE
im Goldmann Verlag:

Die Chronik der DRACHENLANZE
1. Drachenzwielicht (24510) • 2. Drachenjäger (24511) • 3. Drachenwinter (24512) • 4. Drachenzauber (24513) • 5. Drachenkrieg (24516) • 6. Drachendämmerung (24517)

Die Legenden der DRACHENLANZE
1. Die Brüder (24527) • 2. Die Stadt der Göttin (24528) • 3. Der Krieg der Brüder (24530) • 4. Die Königin der Finsternis (24531) • 5. Der Hammer der Götter (24533) • 6. Caramons Rückkehr (24534)

Das Heldenlied der DRACHENLANZE
1. Das Ehrenwort (24587) • 2. Verrat unter Rittern (24589) • 3. Das Schwert des Königs (24591) • 4. Heldenblut (24593) • 5. Unter dunklen Sternen (24594) • 6. Die Stunde des Skorpions (24595)

Die Geschichte der DRACHENLANZE
1. Die Zitadelle des Magus (24538) • 2. Der Magische Turm (24539) • 3. Die Jagd des Todes (24540) • 4. Der Zauber des Palin (24541) • 5. Der edle Ritter (24542) • 6. Raistlins Tochter (24543)

Der Bund der DRACHENLANZE
1. Ungleiche Freunde (24602) • 2. Die Erben der Stimme (24603) • 3. Die Stunde der Diebe (24604) • 4. Finstere Pläne (24605) • 5. Das Mädchen mit dem Schwert (24606) • 6. Verspätete Rache (24607) 7. Schattenreiter (24673) • 8. Das Siegel des Verräters (24674) • 9. Stahl und Stein (24675) • 10. Das Schloß im Eis (24676) • 11. Der Zauber des Dunkels (24677) • 12. Die Jäger der Wüste (24678)

Die Krieger der DRACHENLANZE
1. Der Dieb der Zauberkraft (24816) • 2. Die Ritter der Krone (24817) • 3. Verhängnisvolle Fahrt (24845)

DRACHENLANZE – Die Neue Generation (24621)

Die Erben der DRACHENLANZE
1. Drachensommer (24708) • 2. Drachenfeuer (24718) • 3. Drachennest (24782) • 4. Die Grube der Feuerdrachen (24783)

Weitere Bände in Vorbereitung.

TINA DANIELL

Die Krieger der Drachenlanze 3

VERHÄNGNISVOLLE FAHRT

Aus dem Amerikanischen
von Imke Brodersen

DRAGONLANCE®

GOLDMANN

Das Buch erschien im Original unter dem Titel
»DRAGONLANCE® Saga, The Warriors III, Maquesta Kar-Thon«
(Chapters 1–11)
bei TSR, Inc., 1801 Lind Ave SW, Renton, WA 98055, USA

Umwelthinweis:
Alle bedruckten Materialien dieses Taschenbuches
sind chlorfrei und umweltschonend.
Das Papier enthält Recycling-Anteile.

Deutsche Erstveröffentlichung 11/98

U. S., CANADA,
ASIA, PACIFIC &
LATIN AMERICA
Wizards of the Coast, Inc.
P.O. Box 707
Renton, WA 98057-0707
+ 1-206-624-0933

EUROPEAN HEADQUARTERS
Wizards of the Coast,
Belgium
P.B. 34
2300 Turnhout
Belgium
+32-14-44-30-44

Visit our website at http://www.tsr.com

Published in the Federal Republic of Germany by
Wilhelm Goldmann Verlag, München
Deutschsprachige Rechte beim
Wilhelm Goldmann Verlag
in der Verlagsgruppe Bertelsmann GmbH, München
Umschlaggestaltung: Design Team München
Umschlagillustration: TSR
Satz: deutsch-türkischer fotosatz, Berlin
Druck: Elsnerdruck, Berlin
Verlagsnummer: 24845
Redaktion: Yvonne Hergane
V. B. · Herstellung: Peter Papenbrok
Printed in Germany
ISBN 3-442-24845-0

1 3 5 7 9 10 8 6 4 2

Kapitel 1
Vorbereitungen

»Wie ist deine Meinung dazu, Maquesta Kar-Thon?«

Lendle drückte sich absichtlich etwas umständlich aus, wie Gnomen es gern tun, wenn sie sich mit Angehörigen anderer Rassen unterhalten – selbst wenn sie jemanden (wie es hier der Fall war) schon seit ihrer Kindheit kannten.

»Wie ist deine Meinung dazu?« wiederholte er, und seine großen Augen leuchteten.

Die Nervosität, mit der Lendle die glänzenden Zylinder und die dünnen Eisenstäbe am Stand der Trödlerin betastete, gepaart mit der – für ihn – quälend langsamen Sprechweise, verriet Maque, daß der Gnom diese Objekte, was auch immer sie darstellen mochten, mit nahezu verzweifelter Inbrunst besitzen wollte.

Maque reckte den Hals, um zu prüfen, ob sie von der einfachen Reihe der Stände aus, die im geschäftigen Minotaurenhafen Lacynos als Markt betrachtet wurden, noch das Schiff ihres Vaters ausmachen konnte.

»Ich habe überhaupt keine Meinung zu derlei Dingen – was auch immer sie sein mögen. Das weißt du doch, Lendle. Wenn sie nichts mit Masten und Segeln zu tun haben, habe ich keine Ahnung davon. Und jetzt komm. Wir haben hier schon genug Zeit verbracht. Wir müssen zum Schiff zurück. Es gibt noch viel zu tun, wenn wir uns auf das morgige Rennen vorbereiten wollen.« In Maquestas Stimme schlich sich ein Hauch von Ungeduld.

Aber Lendle schien ihr gar nicht zuzuhören. Gebannt blieb

der Gnom stehen und tastete die Metallteile mit seinen kurzen, geschickten Fingern ab, drehte sie in der Hand und drückte von allen Seiten an ihnen herum.

Maque seufzte und entschied sich für einen anderen Ansatz. »Selbstverständlich, Lendle. Diese Gegenstände scheinen genau das zu sein, was du brauchst. Ich bin sicher, du kommst ohne sie nicht aus. Eigentlich finde ich, daß du sie auf der Stelle kaufen solltest ... wenn du meinst, daß du genug Kupferstücke dafür zusammenkratzen kannst«, murmelte sie vor sich hin. »Jetzt, wo die *Perechon* schon seit so vielen Wochen keinen anständigen Auftrag mehr hatte, weiß ich nicht, woher du noch Geld haben solltest. Ich jedenfalls habe keins mehr.«

»Ja. Ja, Maquesta Kar-Thon. Ich glaube, du hast recht. Die Sachen sind genau das, was ich brauche.« Damit griff Lendle in den Sack, den er über der Schulter trug, und zog eine flache, rechteckige, lederüberzogene Schatulle mit zahlreichen kleinen Schubladen und Fächern heraus. Er drückte auf mehrere bunte Knöpfe, die den Deckel zierten. Strahlend erklärte er Maque, daß diese Erfindung von ihm eine Schublade hätte, die sich jetzt jeden Augenblick öffnen würde – und ihm genau die Anzahl der Kupferstücke bieten würde, die die Trödlerin ihm genannt hatte. Statt dessen jedoch fiel der Boden der Kiste herunter, und der kleine Münzschatz des Gnoms ergoß sich über die matschige Straße.

»Ojeojeoje!« stieß Lendle hervor, womit er zu seinem normalen gnomischen Sprechtempo zurückkehrte.

Maque bückte sich, um Lendle beim Aufsammeln der Kupferstücke zu helfen, und sah dann zu, wie die Besitzerin des Standes, eine untersetzte Menschenfrau, argwöhnisch jede einzelne Münze prüfte, ehe sie dem Gnom eine Reihe Stäbe und Zylinder herüberreichte. Maque nahm an, daß die Händlerin wenig Erfahrung im Umgang mit anderen Kunden als Minotauren hatte. Vertreter fremder Rassen waren auf der Insel Mithas selten anzutreffen – außer als Sklaven, in welchem

Falle sie kaum in der Lage waren, etwas zu kaufen, oder als Angehörige einfacher Berufsgruppen wie der Trödler. Bis die Frau ihnen die Teile gab, hatte Lendle seine mechanische Geldbörse wieder zusammengesetzt und in seinem Sack verstaut. In all den Jahren, die Maque den Gnom nun kannte, hatte er noch nie etwas angefertigt, das wie beabsichtigt funktioniert hätte.

Sie lenkte ihn zu dem Kai, wo sie das Beiboot zurückgelassen hatten, mit dem sie von der *Perechon* aus an Land gingen. Der Gnom hüpfte vor Aufregung von einem Bein auf das andere und bewegte sich so schnell durch die Menge, daß Maque Mühe hatte, mit ihm Schritt zu halten.

Sie gaben ein interessantes Pärchen ab, die große, geschmeidige Frau mit der ebenholzfarbenen Haut und den mitternachtsschwarzen Locken, und der kleine, untersetzte Gnom mit seiner nußbraunen Haut und der schneeweißen Mähne. Als sie durch die ungepflasterten Straßen mit den massiven, wenn auch phantasielosen Steinbauten liefen, schenkte ihnen jedoch kaum einer der vorbeilaufenden Minotauren einen zweiten Blick. Maque hatte die Erfahrung gemacht, daß diese viehischen Kreaturen wenig Interesse an anderen Rassen und auch kaum Verwendung für sie hatten – außer zu Sklavenarbeit oder als entbehrliche Kämpfer für ihre Gladiatorenspiele.

Maque erschauerte. Sie hatte ihrerseits auch nicht viel für Minotauren übrig und mochte deren Stadt ebenfalls nicht besonders. Einer der Stadtbewohner, der ihr aus der Richtung des Hafens entgegenkam, erregte jedoch ihre Aufmerksamkeit. Seine gebogenen Hörner glänzten wie poliert, und auf einem war eine goldene Spitze befestigt. Die rötliche Farbe des Fells, das seinen Körper bedeckte, wurde von dem fließenden roten Umhang noch betont, den er sich über die massiven Schultern geworfen hatte. Auf seiner Brust kreuzten sich die Riemen eines Lederharnischs, der eine Vielzahl von Messern und kleinen Äxten mit meisterlich geschnitzten Griffen beherbergte. Der Lederrock, der sein schmales Hinterteil eng umschloß, war mit grünen und blauen Edelsteinen besetzt, die in der Sonne glitzerten. Von der Hand des Minotauren verlief eine dicke Kette zum breiten Halsband eines Tieres, das Maque noch nie gesehen hatte: Es war ungefähr so groß wie ein Wolf, sah aber aus wie eine Riesenratte ohne Fell und Schwanz. Dazu hatte es sechs Beine und einen Oberkiefer voller breiter, gefährlich wirkender Zähne, die über seine Unterlippe hinausragten.

Das Wesen dackelte hinter dem Minotaurus her, der gelegentlich ruckartig an der Kette zog, damit es schneller lief. Hin und wieder zischte das Wesen bedrohlich, wenn jemand auf der Straße ihm zu nahe kam. Das hatte einen noch härteren Ruck an der Kette zur Folge. Maque konnte sehen, daß das eiserne Halsband eine offene, eiternde Wunde in die fast farblose Haut des Wesens gerissen hatte. Aus tiefliegenden, braunen Augen starrte das Tier seinen Herrn voll offenkundigen Hasses an.

Maque hatte ihre Schritte verlangsamt, als sie das Paar wahrgenommen hatte. Lendle, der nur Gedanken für seine Neuerwerbungen hatte und diese selbst noch im Laufen befingerte, eilte vor ihr her. Maquesta hielt ihn rasch am Kragen fest und schüttelte ihn einmal, um seine Aufmerksamkeit zu erregen. Dann deutete sie mit dem Kopf auf den Minotaurus und sein »Haustier«. Im ersten Moment sah Lendle aus, als wäre er aus einem Traum erwacht, dann aber wandte er seine Augen in die von Maque angezeigte Richtung.

Seine Augen verengten sich in einer Anwandlung vorübergehenden Interesses. »Osquip. Häßliche Dinger. Hab' außerhalb einer unterirdischen Ruine noch nie einen gesehen. Wobei ich nicht sagen kann, daß ich überhaupt je einen in Fleisch und Blut gesehen hätte. Nur Bilder davon. Hab' aber von ihnen gehört. Angeblich sind sie unersättliche Raubtiere.

Glaube ich. Hmm. Nein, vielleicht verwechsle ich sie gerade mit Otyughen. Also, *das* sind wirklich furchtbare Ungeheuer. Hab' aber auch noch nie selbst einen gesehen, nur ein Onkel von mir ist einem begegnet, als er eine unterirdische Höhle erforschte. Ein Otyugh ist noch viel häßlicher als ein Osquip.« Immer schneller sprudelten die Worte aus ihm heraus.

In diesem Augenblick stieß der Osquip ein wütendes Zischen aus. Maque wußte nicht, was ihn dazu gebracht hatte, aber die Kreatur sprang plötzlich fauchend ihrem Herrn an die Kehle. Doch die schwere Kette und der Kragen behinderten den Osquip. Überraschend geschickt und schnell wich der Minotaurus dem angreifenden Tier aus, zog ein Kurzschwert aus seinem Harnisch und trennte dem Wesen mit einem mächtigen Hieb den Kopf ab. Blut spritzte aus dem Hals, während der Osquip noch ein paarmal matt mit den Beinen um sich trat und schließlich zusammenbrach.

»Kümmert euch darum«, befahl der Minotaurus und wischte seine blutige Waffe an der Haut des Osquips ab. Nachdem die Klinge zu seiner Zufriedenheit gesäubert war, steckte er sie wieder ein. Zwei verwahrloste Menschensklaven, die hinter ihrem Herrn hergetrottet waren, liefen zu der immer noch zuckenden Leiche des Osquips. Einer packte das Tier an den Hinterläufen und begann es hinter sich herzuziehen, wobei er eine Blutspur hinterließ. Der andere hob den Kopf auf und trug ihn in den Armen davon. Beide folgten ihrem Herrn die schlammige Straße hinunter, die an der Hörnerbucht entlangführte. Maque blieb stehen und sah zu, wie die Sklaven die Leichenteile in den Hafen schleuderten, wo die Überreste des Tiers sich zu den vielfältigen Abfällen gesellten, die zum unverwechselbaren »Duft« von Lacynos beitrugen.

»Uff. Na, das war aber nett. Minotauren«, schwatzte Lendle weiter. »Jedenfalls konnte mein Onkel den Tentakeln des Otyughs – oder seinen Armen, je nachdem, wie man sie nennen will – knapp entkommen. Obwohl an der Spitze jeden

Tentakels ein Augapfel saß. Ein halbes Dutzend Augen, sagte mein Onkel. Also schätze ich, daß man so was wohl nicht gerade einen Arm nennen kann. Oder vielleicht doch, denn im Kopf hatte er jedenfalls keine Augen. So hat es zumindest mein Onkel erzählt, und der muß es doch am besten wissen. Wie auch immer – das Biest hatte drei oder vier Beine und war unglaublich schnell. Aber mein Onkel konnte es austricksen und hat einen Weg aus der Höhle gefunden, ohne daß er es töten mußte.« Lendle beendete seine Geschichte mit einem Lächeln.

Maquesta nahm den Weg zum Beiboot wieder auf. »Wozu schafft man sich ein Haustier an, wenn man es dann schlecht behandelt und zum Schluß tötet?« murmelte sie kopfschüttelnd. »Die Minotauren sind gemeine Kreaturen, und *sie* sollten an der Kette liegen. Ich bin froh, daß wir ihre Gesellschaft nicht mehr genießen müssen, sobald wir das Hafenrennen gewonnen haben. Ich möchte eine Weile nicht mehr hierher zurückkommen müssen.«

Schweigend liefen sie nebeneinander her, denn der Zwischenfall hatte Maque nachdenklich gemacht. Aber als eine salzhaltige Brise von der offenen See es schaffte, die stehende Luft zu durchdringen, und Maque ins Gesicht blies, hellte sich die Stimmung der großgewachsenen jungen Frau auf. Beim Betreten des Kais erblickte sie sogleich die zwei Masten des Schiffes ihres Vaters, der *Perechon,* und hätte am liebsten laut gejubelt. Je gelöster sie wurde, desto schneller wurden auch ihre Schritte. Gleich würde sie die *Perechon* erreichen. Gleich war sie zu Hause.

»Beeil dich, Lendle. Ich bin sicher, Vater wartet schon sehnsüchtig auf uns.«

»Ich komm' ja schon«, erwiderte der Gnom, der immer noch seine Einkäufe begutachtete.

Melas Kar-Thons *Perechon* war mit ihren geflickten Segeln und der abblätternden Farbe nicht gerade das schönste Schiff im Blutmeer – obwohl ihre schlanke Gestalt und der anmutige Bug sie durchaus in die engere Auswahl hätte bringen können –, aber dafür zählte sie unbestritten zu den schnellsten Schiffen in den Gewässern von Ansalon. Die *Perechon* war eine Zweimasterpentere. Ähnlich wie ein Schoner war sie ein Kriegsschiff, das zum schnellen Vorwärtskommen Segel zur Verfügung hatte, zum Manövrieren in der Schlacht aber Ruder einsetzen konnte. Ihre Kiellänge betrug fast einhundertzwanzig Fuß, und auf dem Bug war eine Batterie angebracht. Die Waffe selbst, eine große Armbrust, die Harpunen, Bolzen, Speere und jedwede andere Geschosse mit mehr Durchschlagskraft als jeder menschliche Schütze abfeuern konnte, wurde im Laderaum aufbewahrt. Der Einsatz von Waffen war in dem bevorstehenden Rennen nicht gestattet. Trotz ihrer angeschlagenen Erscheinung hatte die *Perechon* noch nicht viele Kämpfe erlebt, denn sie wurde meistens als Frachtschiff benutzt, gelegentlich auch als Passagierschiff für Gäste, die rasch und diskret irgendwohin gelangen mußten. In der letzten Zeit war der Kapitän auf der Suche nach Arbeit ziellos von Hafen zu Hafen gesegelt.

Die Reling der *Perechon* bestand aus schönem Mahagoni, die Pfosten waren wie Ziersäulen geschnitzt, Miniaturen von Säulen, die andernorts vielleicht Tempeldächer trugen. Der Bugspriet, die Spiere, die sich vom Bug des Schiffes nach vorn reckte, war aus gehärtetem Walnußholz. Das Hauptdeck bestand aus Asteiche und wurde unablässig geschrubbt und gewienert, während das Oberdeck am Heck des Schiffes aus weißer Eiche gebaut war, die man aus einem Elfenwald importiert hatte. Maquesta war auf das Schiff fast so stolz wie ihr Vater.

Sie löste die Leine, mit welcher das Beiboot der *Perechon* am Ufer vertäut gewesen war, solange sie ihren Geschäften nachgingen, und stieß sich ab. Dann ruderten sie mit aller Kraft auf das Schiff zu. Als sie sich der *Perechon* näherten, sahen sie mehrere Matrosen die Reling polieren. Andere waren damit beschäftigt, dem Deck einen neuen Anstrich zu verleihen. Maque nahm an, daß ihr Vater das Schiff während des Rennens von seiner besten Seite präsentieren wollte. Sie lächelte breit – auch sie und Lendle würden noch Zeit haben, ihren Anteil an der Arbeit zu leisten. Sie wollte, daß für ihren Vater alles perfekt war, denn dieses Rennen war ihm sehr wichtig.

Melas' Vater war seinerzeit zur See gefahren, genau wie sein Vater vor ihm und wiederum dessen Vater vor ihm. Das Blut der Kar-Thons bestand mehr aus Meerwasser denn aus irgend etwas anderem, pflegte die Familie zu sagen. Auch Melas war ein Meister seines Fachs. Die bescheidene Mitgift, die Maques Mutter, Mi-Al, bei ihrer heimlichen Heirat beigesteuert hatte, dazu eine Glückssträhne am Spieltisch und der Erlös aus dem Verkauf der Familienschaluppe, all das hatte Melas das nötige Kapital geliefert, sich ein eigenes Schiff zu bauen. Er wußte, was er wollte und was er erschaffen mußte: das seetüchtigste und schnellste Schiff, das man je gesehen hatte. Er nannte es *Perechon,* nach einem kleinen Seevogel, dem seine Frau gerne zuzuschauen pflegte.

Mi-Al war eine Elfe, und Melas war zuversichtlich gewesen, daß ein Leben auf dem Meer sie vor jenen schützen würde, die ihresgleichen jagten. Er versteckte sie unter voluminösen Roben mit Kapuze, wenn sie der Mannschaft der *Perechon* begegnete, und in Hafenstädte wagte sie sich mit ihm nur des Nachts, wenn die Dunkelheit ihre Gesichtszüge verbarg. Allein Lendle kannte ihr Geheimnis – und teilte Melas' Leid. Mi-Al war nämlich vor vierzehn Jahren verschwunden, kurz nach Maquestas viertem Geburtstag. Melas war am Boden zerstört gewesen. Mit seiner Frau war auch die Hoffnung auf einen Sohn entschwunden, der die Seglertradition der Kar-Thons hätte weiterführen können. Doch Melas war entschlossen, alles, was er über die hohe Kunst und die Liebe zur Seefahrt wußte, an sein einziges Kind weiterzugeben. Und das hatte er getan – nachdem er seiner Tochter die Ohren kupiert hatte. Maquesta sah nun in jeder Hinsicht wie ein reiner Mensch aus, obwohl sie sich ihrer elfischen Abstammung sehr genau bewußt war. Melas war es damals um ihre Sicherheit gegangen, und Maque machte diese Täuschung nichts aus. Sie wollte am Leben bleiben, und sie wollte ihren Vater glücklich sehen.

»Du errätst nie, wer morgen noch ins Rennen geht«, sagte Maque zu Averon, dem Ersten Maat der *Perechon,* noch während sie sich über die Reling schwang. Sie wedelte mit einer vorläufigen Namensliste, die sie in Lacynos erhalten hatte, als sie das Schiff für das Ereignis angemeldet hatte. »Die *Torado*«, stieß sie hervor – ein weiteres Schiff, das aus Saifhum stammte.

»Nun, dann dürfte die Sache interessant werden.« Averon grinste, und der Schalk blitzte noch stärker in seinen Augen. »Wir müssen unsere ganz persönlichen Farben setzen, damit jeder weiß, daß wir das Schiff aus Saifhum sind, das es zu schlagen gilt. Ich habe die neue Flagge selbst gemacht. Wie findest du sie?« Averon machte eine Kopfbewegung zur Spitze des nächsten Mastes der *Perechon* hin.

Plötzlich wurde Maque klar, daß der Rest der Mannschaft bei seiner Tätigkeit innehielt und sie und Averon feixend beobachtete. Sie riß unwillkürlich den Mund auf – wie immer, wenn sie merkte, daß einer von Averons deftigen Scherzen angesagt und sie zum Opfer auserkoren war. Maques Magen krampfte sich zusammen. Sie schaute zum Himmel.

Ganz oben am Mast flatterte in den Strahlen der Abendsonne unverkennbar Maquestas hellgelbes Seidenhemd im Seewind – eines der wenigen wirklich weiblichen Kleidungsstücke, die sie besaß. Sie liebte es besonders, weil es auch zu den wenigen Hinterlassenschaften ihrer Mutter gehörte, welche die Jahre auf See überlebt hatten. Mit einem schrillen Aufschrei und einem vorwurfsvollen Blick auf Averon sprang Maque in die Takelage und kletterte rasch die Taue hoch, um das Hemd herunterzuholen.

Wie konnte er nur? Ausgerechnet Averon!

Averon und Maques Vater waren uralte Freunde. Häufig hatten sie sogar um dieselbe Frau geworben – bis Melas Mi-Al begegnet war, als er allein auf einer Handelsreise war. Melas hatte Mi-Al geheiratet und damit die Rivalität beendet. Averon war mit dem jungen Paar viel zusammengewesen, und Melas fragte sich oft, ob Averon wohl je erraten hatte, daß seine Frau eine Elfe war. Averon war auf der Seereise bei Melas gewesen, während der Mi-Al verschwand, hatte die vierjährige Maque getröstet, als deren Vater eine Zeitlang zu sehr getrauert hatte, um sich um sein Kind kümmern zu können. Der stets impulsive Averon mit seinen vielen frechen Einfällen war für Maquesta wie ein zweiter Vater gewesen.

Maque wurde von einer plötzlichen Windbö erwischt, die sie fast aus den Wanten gerissen hätte. Sie biß die Zähne zusammen, verzog das Gesicht und verscheuchte die düsteren Gedanken. Sie konnte es sich nicht leisten zu weinen, konnte keine Hand erübrigen, um Tränen abzuwischen, konnte nicht klettern, wenn ihre Augen tränenverhangen waren. Der Seewind hatte gedreht, nahm an Kraft zu und brachte die *Perechon* zum Schaukeln. Maque brauchte all ihre Sinne, alle Stärke und all ihr Können, um weiterzuklettern. Außerdem wollte sie auch nicht, daß jemand aus der Mannschaft sah, daß sie sich aufregte. Maque war mehr oder weniger als das Maskottchen der *Perechon* aufgewachsen, von der ganzen Mannschaft verwöhnt, von allen freundlich behandelt.

Aber seit sie kein Kind mehr war, hatte sich das geändert. Die Matrosen wußten nicht, was sie von Maquesta als junger Frau zu halten hatten – manchmal wußte sie das selber nicht. Sie zogen sich zurück, nicht unfreundlich, aber auf der Hut. Und das durfte nicht sein. Nicht, wenn Maquesta eines Tages Kapitän der *Perechon* sein wollte. Und das wollte sie. Also wußte sie, daß jeder Anlaß sich in eine Art Prüfung verwandeln konnte, wie es heute zweifellos geschehen war.

Als Maque nach unten blickte, wurde ihr klar, daß keiner der Matrosen ihr trauriges Gesicht sehen konnte. Klein wie Spielfiguren standen sie unter ihr beisammen, lachten und deuteten herauf. Der rauhe Hanf der Taue schnitt ihr in die Handflächen, bis sie wund waren, und der Wind zerrte immer heftiger an ihrem Körper. Aber dann hatte sie endlich die weiche Seide des Unterhemds in der Hand, und ein Lächeln huschte über ihre Lippen. Das Hemd war unversehrt. Averon hatte es sorgfältig festgebunden.

Nachdem sie wieder hinuntergeklettert war, so rasch es der böige Wind erlaubte, sprang Maquesta leichtfüßig aufs Deck. Mit untadeliger Haltung warf sie Averon einen tödlichen Blick zu und ließ dann ihre Augen herausfordernd über die Gesichter der umstehenden Matrosen gleiten. Sollte doch jemand einen Kommentar wagen! Averon wich ihrem Blick zunächst aus. Doch dann vollführte er eine übertriebene Verbeugung und schwenkte einen nicht vorhandenen Hut. »Gut gemacht, Maquesta Kar-Thon«, rief er aus und schlug die Augen auf, die schon wieder spitzbübisch blitzten. »Wahrlich gut gemacht!«

Maque konnte Averons Charme mindestens drei Minuten lang widerstehen. Doch gerade als sie merkte, wie ihre Lippen zu einem beginnenden Lächeln hochzuckten, tauchte Melas Kar-Thon aus seiner Kajüte am Heck auf dem Hauptdeck auf. Als er ein gutes Dutzend Mitglieder der Besatzung untätig herumstehen sah und Averons und Maquestas wortlosen Zweikampf bemerkte, lief er auf die beiden zu und schrie: »Was ist denn hier los? Falls ihr es vergessen habt, wir müssen uns auf ein Rennen vorbereiten. Averon, du Hund! Was hast du jetzt wieder ausgeheckt, um die Besatzung von ihrer Arbeit abzuhalten? Zurück an die Arbeit, alle miteinander – besonders ihr zwei!« Melas musterte Averon und Maquesta stirnrunzelnd.

Trotz der eigentlich harten Worte kam seine Schimpftirade in dem gutmütig schroffen Ton heraus, der für den liebenswerten Kapitän der *Perechon* so typisch war. Noch bevor er ausgeredet hatte, waren die Seeleute wieder an die Arbeit gegangen. Daß sie dabei kaum knurrten, zeigte ihre grundlegende Zufriedenheit mit ihrem Kapitän und ihrem Dienst.

»Und nun zu euch beiden. Was soll ich bloß mit euch anstellen? Ihr solltet doch mit gutem Beispiel vorangehen«, rief Melas in gespieltem Ernst aus, wobei er versuchte, je einen Arm um Maque und Averon zu legen. Maque wich dem Zugriff ihres Vaters geschickt aus, aber Averon war weniger behende. Melas schlang einen Arm um die Schulter seines Freundes und wandelte den Griff dann plötzlich in einen Schwitzkasten um.

Die beiden Freunde hätten nicht unterschiedlicher sein können: Melas war knapp einsneunzig groß und hatte glänzend schwarze Haut, dic noch dunkler war als die von Maquesta. Er war völlig kahl, was seinen großen Kopf auf den breiten, kräftigen Schultern noch eindrucksvoller erscheinen ließ. Erst in den letzten paar Jahren hatte seine muskulöse Gestalt mit einer Rundung in der Mitte allmählich zu verraten angefangen, daß er dem Bier sehr zugeneigt war. Averon dagegen war einen guten Kopf kleiner. Er hatte leichte O-Beine und schmutzig blondes Haar, das er mittlerweile lang trug, um dadurch möglichst die lichte Stelle auf dem Haupt zu verbergen. Ein dichter Schnauzbart war das einzig Gepflegte an seiner Erscheinung. Seine bronzefarbene Haut war von der Sonne gegerbt, wies hier und dort Falten auf und ließ ihn älter wirken, als er tatsächlich war.

»Was hast du herausgefunden, als du unser Startgeld bezahlt hast, Maquesta? Gibt es etwas, das uns morgen helfen könnte?« fragte Melas, während er seinen Griff um Averon noch verstärkte, bis er ihn mit einem spielerischen Stoß losließ. Der Erste Maat taumelte ein paar Schritte davon, drehte sich um und warf dann sein ganzes Gewicht in einen Hechtsprung, der den größeren Mann umriß. Im nächsten Augenblick schon rollten die beiden in einen Ringkampf verstrickt über das Deck.

»Aufhören!« Wieder einmal ärgerte sich Maquesta darüber, wie schnell ihr Vater und Averon in das Verhalten ihrer Kindheit zurückfallen konnten. Sie stemmte die Hände in die Hüften und schimpfte lauter: »Sofort aufhören! Ihr beide müßt morgen bei Kräften sein, sonst haben wir keine Chance zu gewinnen. Und jetzt aufstehen!« Im Ernst, manchmal kam sie sich vor wie die Mutter der zwei Raufbolde.

Ihre Schelte ließ die beiden leicht keuchend hochkommen. Das bevorstehende Rennen war für beide Männer und jeden einzelnen auf der *Perechon* wichtig. Solinari und Lunitari waren bereits mehrmals über den Himmel gezogen, seit die *Perechon* ihren letzten gutzahlenden Kunden gesehen hatte. Wie üblich war der Großteil der Mannschaft auf dem Schiff geblieben. Melas, der immer zufrieden war, wenn er von Auftrag zu Auftrag zurechtkam – solange er dabei segeln konnte –, war nicht der zuverlässigste Zahlmeister. Die Matrosen des Blutmeers wußten das, aber wer das Segeln wirklich liebte, der segelte liebend gern mit ihm.

Die letzte Durststrecke hatte jedoch so lange angehalten, daß Averon vor kurzem wieder einmal eine Weile verschwunden war, »um mein Glück zu machen«, wie er immer vollmundig verkündete. Solchen Eskapaden ging gewöhnlich eine Schimpftirade auf Melas voraus, den Averon für nicht ehrgeizig genug hielt. Aber früher oder später spürte er die *Perechon* wieder auf und brachte einen Berg haarsträubender Geschichten über seine Abenteuer mit – sonst allerdings nichts, oft nicht einmal zwei Kupferstücke. Dann war Melas an der Reihe, Kritik zu üben. Trotz dieser gegenseitigen Reibereien war die tiefe Freundschaft zwischen Melas und Averon noch nie durch einen ernsten Streit gefährdet gewesen. Und

Maque freute sich stets über Averons Rückkehr, sowohl um ihres Vater willen als auch für sich selbst. Averon gehörte zur einzigen Familie, die sie je gekannt hatte.

Dieses letzte Mal war Averon mit der Nachricht von dem Rennen im Rahmen des Minotaurenzirkus zurückgekommen – zweifellos sollte die Veranstaltung stattfinden, damit die minotaurischen Mannschaften den teilnehmenden Nichtminotauren eine demütigende Niederlage beibringen und gleichzeitig ihr Können als Seefahrer zur Schau stellen konnten. Eine Art Vorbereitungstraining auf die todernsten Zirkusspiele. Das Preisgeld war beträchtlich, hatte Averon gesagt, und es würde die *Perechon* und ihre Mannschaft eine ganze Weile über Wasser halten.

Nachdem Averon jetzt Melas' festem Griff entronnen war, trollte er sich, um Vorbereitungen für das Rennen zu treffen, nicht ohne vorher vernehmlich vor sich hinzuknurren, daß der Kapitän der *Perechon* ihn unterschätze – und seine Tochter desgleichen.

»Was sollte das alles? Mit dir und Averon?« fragte Melas Maque, als sie allein waren. »Und was hast du da in der Hand? Als ich an Deck kam, sahst du aus, als wolltest du Averon das Fell vom Leibe ziehen.«

Maquesta knüllte das Hemd fest zusammen und versteckte es hinter ihrem Rücken. Irgendwie war es ihr peinlich, ihrem Vater das Wäschestück zu zeigen. »Averon …«, setzte sie an, dann hielt sie inne und schüttelte nur den Kopf. »Nichts. Es war nichts.« Sie wußte, ganz gleich, wie gerechtfertigt ihre Beschwerde über Averons Benehmen sein mochte, Melas würde sie mit einem Schulterzucken abtun. Wie immer.

Liebevoll legte Melas seiner Tochter einen Arm um die Schultern und gab ihr einen Kuß auf die Stirn. »Vor einem Rennen ist jeder nervös. Was er auch getan hat, ich bin sicher, es sollte nur allen ein bißchen Spaß bereiten. Du mußt verstehen, Maque«, sagte Melas und drückte seine Tochter an sich, »daß es nicht viele wahre Freunde wie Averon gibt. Ich bin sicher, er hat es nicht böse gemeint.«

Maquesta erwiderte die Umarmung ihres Vaters. »Ich weiß. Es ist schon gut.« Sie löste sich von ihm und lächelte. »Und ich habe Hunger. Ich sehe mal nach, was Lendle zum Abendessen kocht. Ich hoffe, es gibt nicht schon wieder eine Version von Trockenaalsuppe.«

Maque sah ihrem Vater nach, als er sich zu einer Gruppe Matrosen gesellte, welche die Wanten am Besanmast überprüften, dem kleineren Mast des Schiffes, dann drehte sie sich um und lief nach vorn zur Kombüse. »Klar, Averon wollte nur, daß alle ein bißchen Spaß haben – alle außer mir!« murmelte sie dabei vor sich hin.

Sobald sie die Schwelle der Kombüse erreichte, wußte Maque, daß es heute abend tatsächlich wieder Trockenaalsuppe geben würde, wenn auch diesmal Gewürze hineingemischt waren, die sie nicht bestimmen konnte. Von Klammern gesichert, siedete der große Topf auf dem Holzfeuerherd vor sich hin und erzeugte dabei den öligen Fischgestank, der das unverwechselbare Merkmal dieser Suppe war. Nur Lendle war nirgends zu sehen. Maque duckte sich, als sie zum Topf hinüberlief, um einen näheren Blick auf seinen Inhalt zu werfen. Der Gnom hatte die Kombüse so vertakelt, daß praktisch all seine Kochgeräte – große Löffel, Suppenkellen, zweizinkige Kochgabeln, Töpfe und Pfannen – aus einem Wirrwarr beweglicher Riemen von der Decke hingen. Verschiedene Lederzüge reichten bis in seine Höhe herunter. Lendle beharrte darauf, daß er genau wußte, welchen Riemen er ziehen mußte, um die Gurte in Bewegung zu setzen und das gerade benötigte Gerät an den Herd oder zum Arbeitstisch zu bringen, wo ein zweiter Zug es vom Haken in Lendles wartende Hände fallen ließ. Maque allerdings hatte die Erfahrung gemacht, daß das selten so reibungslos funktionierte. Viel häufiger landete der Gegenstand klirrend auf dem Boden – irgendwo im Raum, nur nicht bei Lendle – oder fiel direkt in den Topf, der gerade auf dem Herd stand. Mehrere Male hatte ein Zug von Lendle das gesamte Kochgeschirr unter lautem Getöse heruntergerissen, so daß die ganze Mannschaft herbeigerannt war, um zu sehen, was los war. Und ein- oder zweimal waren unvorsichtige Besucher der Kombüse von einer spitzen Fleischgabel leicht verletzt worden – doch Maque war überzeugt, daß Lendle diese »Unfälle« für Mannschaftsmitglieder ersonnen hatte, die ihn oder seine Kochkunst beleidigt hatten. Inzwischen war schon eine ganze Weile keine Gabel mehr herabgefallen.

Maquesta stand am Topf und überlegte, ob sie wohl dessen Inhalt probieren sollte. Das Auftauchen mehrerer schleimiger Kugeln, die wie geschälte Trauben aussahen, jedoch gewiß keine waren, und die Tatsache, daß etwas, das in Maques Augen deutlich einem Tentakel ähnelte, unter der Oberfläche der Suppe zuckte, schreckten sie ab. Statt dessen griff sie nach einem Stück Zwieback, das neben ein paar schrumpeligen Orangen auf dem Tisch lag, und verließ die Kombüse.

Da sie nach der Sache mit dem Unterhemd noch nicht recht bereit war, sich an den Vorbereitungen für das Rennen zu beteiligen, machte sich Maquesta zum Heck auf, zurück zu der erhöhten Kabine mit den getrennten Zimmern für sie und ihren Vater. Lendle war direkt unter ihnen untergebracht. Der erfinderische Koch der *Perechon* bewohnte eine relativ geräumige Kabine, deren Größe zeigte, daß Melas Lendles Leidenschaft für den Bau verschiedener Maschinerien und seinen nicht zu bremsenden Hang zum Sammeln *potentiell* nützlicher Objekte akzeptierte. Maque klopfte laut an die Tür, wartete, dann stieß sie die Tür auf und steckte den Kopf hindurch, weil sie wußte, daß Lendle manchmal zu beschäftigt war, um ein Klopfen zu hören. Wie immer mußte Maquesta beim Anblick der Kabine gegen einen Anfall von Platzangst ankämpfen. Jedes Fleckchen Wand, der Großteil des Bodens und der Decke und jede andere ebene Oberfläche waren von einem riesigen Sortiment undefinierbarer Objekte bedeckt, alle mit Schildern versehen, in Kästen verpackt und nach Lendles persönlichem System geordnet. Spulen mit Zwirn und dünnem Metalldraht, Rollen aus schweren Hanfseilen und Kettengliedern hingen an Haken von den Wänden. Holzkisten mit mannigfaltigem Inhalt, von Zahnrädern über Holzleisten und Flaschenzüge bis hin zu Tuchbolzen, standen säuberlich aufgereiht auf dem Boden. Als Maque eintrat, stieß sie mit dem Kopf gegen Netze voller Weidenkörbe in verschiedenen Größen, und noch mehr Seile. Der einzige freie Fleck in dem geordneten Chaos war Lendles Bett, das an der Wand befestigt war. Es war eine typische Seemannskoje mit hohen Seiten und hohem Kopf- und Fußende, damit der Schlafende bei rauher See nicht herausrollte. In der Mitte der Kabine stand ein festgeschraubter kleiner Tisch, der hochgezogene Kanten hatte, damit nichts herunterfallen konnte. Beleuchtet wurde alles von einer Sturmlaterne, die oben von der Decke hing.

Normalerweise bewahrte Lendle seine Werkzeugkiste unter dem Tisch auf, wo sie sicher zwischen vier Klammern saß, die er in den Boden getrieben hatte. Aber jetzt war weder sie noch der Gnom zu sehen. Mehr von einer vagen Neugier getrieben als von dem dringenden Bedürfnis, mit Lendle zu sprechen, schloß Maque die Kabinentür hinter sich und hielt auf die Leiter zu, die zum untenliegenden Laderaum führte. Der hatte in den letzten paar Monaten nicht gerade viel enthalten, aber Maque wußte, daß Lendle den zusätzlichen kleinen Raum manchmal nutzte, wenn er Ideen für eine besonders ausgeklügelte Erfindung skizzierte oder an einem Projekt mit großem Platzbedarf arbeitete.

»Feuer!« Laut schrie Maque die Warnung heraus, fuhr herum und stürmte die Leiter zum Laderaum wieder hinauf, noch bevor sie auch nur halb unten war. Von unten quoll dicker Rauch herauf, und sie hoffte, jemand von der Mannschaft würde sie hören und anfangen, Wassereimer zu bringen.

»Feu– «

Maque spürte, wie eins ihrer Beine herunter und von den Leitersprossen weggerissen wurde, woraufhin sie den Halt verlor. Als sie stürzte, hielt ihr jemand den Mund zu und bremste ihren Fall ab. Ihre Augen paßten sich an das flackernde Licht an, das die Flammen erzeugten, und sie blinzelte, weil der Rauch ihre Augen tränen ließ.

»Lendle!« schimpfte sie, als ihr Mund endlich wieder frei war.

Der Gnom ließ sie mit einer scharfen Ermahnung los: »Still!« Er hatte sich über Maque aufgebaut und sah sie wütend an.

»Lendle! Beim Graustein von Gargath, was geht hier vor? Diesmal zerstörst du das Schiff!«

»Die *Perechon* brennt nicht ab! Ich bin ein guter Ingenieur!« Lendle wirkte gleichermaßen verletzt wie aufgeregt. Er sprach sehr langsam, damit Maque ihn auch verstand.

Maquesta blinzelte zum Feuer hin. Die Flammen schienen in einem Ziegelofen gefangen zu sein, und der Rauch verzog sich bereits. Eine Seite des Ziegelofens stand offen, daneben lag ein Haufen Feuerholz. Eine riesige, fast kesselförmige Messingkugel war so in den Ofen eingemauert, daß die Oberkante der Ziegel bis zu ihrer oberen Wölbung reichte. Die Kugel hatte nur zwei rohrförmige Öffnungen, die in einen großen, nach oben führenden Zylinder mündeten und zu der Falltür zeigten, die vom Laderaum auf das Unterdeck mit den Ruderbänken führte. Im düsteren Licht der Flammen und einer Laterne zu Lendles Füßen konnte Maquesta nicht richtig erkennen, wo der Zylinder endete oder ob etwas an seinem anderen Ende befestigt war.

Die Verbindung zwischen Kessel und Zylinder war jedoch näher bei ihr, und Maquesta sah, daß sie nicht vollständig war.

Es klang, als würde in der Kugel Wasser zu kochen beginnen, und Maque erblickte Dampfschwaden, die aus einer Seite des Zylinders aufstiegen. Sie bemerkte auch, daß Lendle die Rohrstücke in der Hand hielt, die er in Lacynos erworben hatte.

»Dampflenker«, sagte er und deutete auf die Rohre. »Siehst du?« Er zeigte ihr mit großer Geste seine Erfindung. »Das ist für Zeiten, in denen der Wind abflaut und wir draußen auf See sind. Das wird der *Perechon* helfen!« Lendle nickte nachdrücklich, wie um sich selbst beizupflichten.

»Wir haben doch schon Ruder, zehn Paar, für die Zeiten, wo Flaute herrscht«, entgegnete Maque verwundert. Nicht, daß sie diese oft brauchten, wie sie zugeben mußte. Die *Perechon* war gut getakelt und die Mannschaft erfahren genug, um noch die leichteste Brise bestens auszunutzen. Und dazu kam, daß keiner aus der Mannschaft sich begeistert zum Ruderdienst meldete. Melas zwang seine Leute auch nicht dazu – einer der vielen Gründe für seine Beliebtheit bei der Mannschaft.

»Es *wird* helfen«,wiederholte Lendle. »Ich werde es dir zeigen, Maquesta Kar-Thon. Aber nicht jetzt. Bald. Du mußt jetzt gehen. Ich habe alle Hände voll zu tun.« Lendle begann, Maque auf die Leiter zuzuschieben.

»Also gut, aber sei vorsichtig bei dem, was du tust.« Maque wandte sich widerstrebend ab. »Ach ja, da fällt mir ein ...« Den Fuß auf der ersten Sprosse, blieb sie kurz stehen. »Ich hatte dich gesucht, weil ich Hunger hatte. Wir haben alle Hunger. Wann können wir essen?«

»Maquesta Kar-Thon«, sagte Lendle vorwurfsvoll. »Ich kenne meine Pflichten. Ich bin kein Zauberer, der in letzter Minute ein Essen herbeizaubern kann.« Bei dem Gedanken an Magie rümpfte Lendle seine recht große Nase voller Abscheu. »Das Essen kocht bereits. Wir essen zur üblichen Zeit. Und jetzt vergiß *deine* Pflichten nicht. Geh und hilf deinem Vater, sich auf das Rennen vorzubereiten. Husch!«

Mit diesen Worten widmete sich Lendle wieder seinem Apparat, und Maque kletterte die Leiter hoch. Sie haßte es, wenn er sie behandelte, als wäre sie noch ein kleines Mädchen!

Die Mannschaft der *Perechon* aß an diesem Abend pünktlich, und die Trockenaalsuppe war schmackhafter als sonst. Die unappetitlichen Kugeln schmeckten besser, als sie aussahen. Lendle nannte sie Blutmeerkartoffeln, eine Pflanze, die Maque unbekannt war. Sie entschied sich, nicht näher nachzufragen. Was diese Kugeln auch waren, sie halfen, Maque und die anderen Seeleute zu sättigen, und bewiesen dadurch, daß Lendles Erfindungsreichtum manchmal auch gute Ergebnisse brachte.

Averon allerdings ließ die Mahlzeit aus.

»Vielleicht ist er losgezogen und kauft Maquesta etwas Neues zum Anziehen. Soviel ich weiß, gibt es bei den Minotauren auf Mithas sehr schöne, modische Gewänder, die ihr bestimmt gut stehen würden«, meinte Vartan, der Steuermann, der ursprünglich aus Saifhum stammte und zu den Mannschaftsmitgliedern gehörte, die Maque am wenigsten mochte.

»Etwas in Türkis? Ich mag Türkis«, warf ein anderer ein.

Mehrere Matrosen prusteten vor Lachen. Vartan schwieg, sah Maquesta jedoch herausfordernd an.

Sie hielt seinem Blick stand. »Averon ist zu klug, als daß er sein Geld für etwas ausgeben würde, das diese häßlichen Ungetüme nähen können. Und seine grauen Zellen benutzt er zum Denken und nicht nur – wie so manch anderer – als Füllmaterial für seinen hübschen Kopf.«

Vartan, der tatsächlich gut aussah und sich eine ganze Menge darauf einbildete, lief rot an und widmete sich wieder seiner Suppe, während seine Kameraden sich angesichts von Maquestas Antwort vor Lachen bogen.

»Averon wollte guten Rum und ein Faß Bier kaufen, damit wir feiern können, sobald wir morgen über die Ziellinie sind«, erklärte Melas. »Mit dem Preisgeld bekommen wir alle unsere Heuer – auch die für die Rückfahrt. Daran sollten wir denken und an nichts anderes.« Melas ließ seinen Blick durch die Kombüse schweifen und kurz auf Maque und Vartan ruhen.

Anschließend beugte der Kapitän sich wieder über den Teller, und die anderen folgten seinem Beispiel. Lendle, der für Bier mehr übrig hatte als für Suppe, tauchte einen Krug in die Brühe und pfiff fröhlich vor sich hin, während er die letzten paar Portionen in die erneut leeren Teller schöpfte.

Kapitel 2
Das Rennen

Die *Perechon* begrüßte die Wellen des frühen Morgens mit geblähten Segeln, die sie schnell vorantragen sollten. Mit eifriger Anmut reagierte das Schiff unter der festen Führung von Melas, der das Steuer übernommen hatte, auf jeden Windhauch.

Maquesta, die eine Leine am Besanmast überprüft hatte, staunte über das Wetter. Seit der Dämmerung waren sie im Rennen, und der Himmel hatte kaum mehr als ein paar weiße Wattewolken gezeigt. Der Seewind hatte stetig und verhältnismäßig stark geblasen. Da Melas und seine Mannschaft sich weder um Sturm noch um das völlige Ausbleiben von Wind sorgen mußten, waren sie in der Lage gewesen, sich auf die eigentliche Herausforderung zu konzentrieren – den Kurs. Maque lächelte. Bald würde sie am Ruder stehen, und sie konnte es kaum erwarten, es allen zu zeigen. Sie hatte das Schiff natürlich schon viele hundert Mal gesteuert, aber nicht in einem Rennen – jedenfalls nicht in einem so wichtigen und möglicherweise einträglichen Rennen wie diesem.

Der Kurs würde sie nach Norden und Osten führen, aus der tiefen Hörnerbucht heraus, dann um die Insel herum, an der Klippenküste mit ihren starken Strömungen und den Bullenhaien vorbei und über die Klinge hinweg, wo der Meeresboden in einen unergründlich tiefen Graben absackte, was unberechenbare Turbulenzen erzeugte. Der Graben beherbergte angeblich eine Kolonie Gaggler – oder Sligs, wie die meisten Seeleute sie nannten –, große, entfernte Verwandte der Goblins, die sowohl Wasser als auch Luft atmen konnten.

Die *Perechon* war gerade dabeigewesen, ihren Vorsprung zu vergrößern, als der Ausguck meldete, daß eines der Schiffe, die am dichtesten hinter ihnen waren, über einem Korallenriff Probleme bekam. Die *Wellenreiter,* ein Schoner von der Trübsalsküste, lag reglos im Wasser.

»Die Mannschaft arbeitet an den Segeln, Käpt'n!« rief der Ausguck, der ein Fernrohr vor sein rechtes Auge hielt. »Scheint mir, als hätten sie Pech gehabt. Die Takelage ist durcheinandergeraten. Im Wasser sehe ich zumindest nichts, was sie aufgehalten haben könnte. Keine Felsen, keine Riffe und heute auch keine großen Turbulenzen – jedenfalls nicht mehr, als wir auch hatten. Weiter hinten kommt aber noch ein Schiff. Steht unter vollen Segeln und hat keine Probleme. Sieht nicht so aus, als ob die uns einholen könnten!«

Die *Perechon* mußte noch das Auge des Bullen durchsegeln, die tückische Meerenge zwischen Mithas und Kothas, dann um die felsige Südspitze der Insel herum, die viele Seeleute »Kap des Schicksals« nannten. Dann würde ihr Kurs sie wieder in die Hörnerbucht zurückführen. Und das alles vor Einbruch der übernächsten Nacht, wenn sie das Rennen gewinnen wollten – und das wollten sie.

Die Regeln lauteten: ausschließlich Windkraft, keine Ruder, und jedes teilnehmende Schiff mußte vom Bug bis zum Heck mindestens hundert Fuß messen, unabhängig von der Kiellänge. Die *Perechon* hatte anfangs ein Dutzend Gegner gehabt. Es dauerte jedoch nicht lange, bis einige Konkurrenten zurückfielen, auch wenn andere Schiffe während des Spätnachmittags dieses ersten Tages aufholten. Aber Vartan paßte die Takelung an, und die *Perechon* konnte ihre Führung noch weiter ausbauen.

Kurz nach Anbruch der Dämmerung sah Maquesta eine Handelskarracke, die *Saburnia,* und ein etwas schäbiges Kaperschiff, die *Vasa,* durch die starken, unberechenbaren Strömungen an der Klippenküste vom Kurs abkommen und in den nördlichen Courrainischen Ozean abdriften. Ob sie ins Rennen zurückgelangen würden oder was aus den anderen Schiffen wurde, die nicht mehr in Sicht waren, wußte Maque nicht. Die *Perechon* blieb in Führung und vergrößerte die Distanz zu den übrigen Schiffen immer weiter. Bis zur Mitte des nächsten Vormittags kam sie gut voran, doch dann flaute der Wind hinter einem Steilküstenabschnitt, den die *Perechon* passierte, fast völlig ab.

Während dieser Windstille konnten die zwei anderen Schiffe, die noch von stärkeren Winden profitierten, näherkommen. Jetzt, da die Morgensonne heller schien und der Wind im Bereich der *Perechon* wieder auffrischte, konnte Maque sehen, daß außer der *Perechon* nur noch diese beiden Konkurrenten da waren – die *Torado* aus Saifhum unter Kapitän Limrod, den die Besatzung der *Perechon* als ernstzunehmenden, wenn auch besiegbaren Gegner kannte, und ein schönes Schiff, das ihnen allen fremd war, die *Katos*. Sie war ein Minotaurenschiff und war erst in den letzten Minuten vor Beginn des Rennens in den Hafen von Lacynos eingelaufen. Offenbar war sie bereits vorher gemeldet gewesen.

Jetzt beobachtete Maque sie mit wachsendem Respekt. Die *Katos* lag kurz hinter dem Steuerbordheck der *Perechon* und verfolgte sie entschlossen, schien aber – wie Maque zufrieden feststellte – nicht in der Lage zu sein, dieses letzte Stück aufzuschließen. Minotaurenschiffe waren nicht als besonders schnell bekannt. Kaum eines von ihnen konnte mit der Geschwindigkeit der *Perechon* mithalten. Die *Torado* segelte fast auf gleicher Höhe wie die *Katos*, jedoch an der Backbordseite der *Perechon*.

»Refft die Topsegel und alle Mann an ihre Posten!« So sehr ihm der Gedanke mißfiel, langsamer zu werden und die Führungsposition aufzugeben, so wußte Melas doch, daß es verrückt gewesen wäre, um die Südostspitze von Mithas zu biegen und zu versuchen, das Auge des Bullen mit vollen Segeln zu passieren. Er war zuversichtlich, daß sie die verlorene Zeit wieder aufholen würden, wenn sie an der Westküste der Insel wieder hochsegelten.

Die Wasseroberfläche war unruhig, als sie näherkamen, es gab keine regelmäßigen Wellen, sondern nur ein wildes Auf und Ab, das sich an der Stelle verstärkte, wo die Schiffe nach Westen abdrehen mußten, dort, wo der Unterwassergrat von der Insel her in den Graben der Klinge abfiel.

»Behalte die *Torado* im Auge«, sagte Melas zu Maquesta, die sich einen Moment zu ihm auf die Brücke gesellt hatte. »Sie legt jetzt los, so wie ich Limrod kenne.«

Er hatte recht. Mit geblähten Segeln holte die *Torado* gegenüber der *Perechon* auf. Sie wählte den direkteren Kurs entlang der Küste von Mithas, wohingegen Melas die *Perechon* um den äußeren Rand des Strudels führte, also näher an Kothas entlang. Der Kurs der *Torado* bedeutete einen kürzeren Weg und würde das Schiff zugleich außerhalb der schlimmsten Wirbel halten. Aber Maque war auch klar, daß das flachere Küstenwasser für ein so großes Schiff wie die *Torado* gefährlich werden konnte, denn der scharfe Unterwassergrat ragte stellenweise sehr nah an die Oberfläche heran.

»Maquesta! Laß das Tagträumen und pack hier mit an!«

Der Ruf kam von Averon, der mit ein paar anderen Seeleuten gerade dabei war, das Topsegel des Besanmastes festzuzurren, eine Aufgabe, die der auffrischende Wind zunehmend schwerer machte. Die Böen, die in diesem Teil des Meeres kräftiger waren als sonst, verstärkten die Turbulenzen im Wasser, genau wie Melas es vorausgesehen hatte. Beschämt über ihr kurzfristiges Nichtstun warf Maquesta ihrem Vater einen Blick zu, doch dessen Aufmerksamkeit wurde nun vollständig von der Führung des Schiffes in Anspruch genommen. Er hatte es gar nicht bemerkt.

Maquesta kletterte in die Takelage hinauf, bis sie den Teil erreichte, wo Averon und die anderen am Topsegel arbeiteten, das sie endlich an der Rahe gesichert hatten. Sie fluchte innerlich darüber, umsonst hochgestiegen zu sein, prüfte aber die Takelung, jetzt, da sie schon einmal oben war. So machte sie wenigstens einen beschäftigten Eindruck.

»Sei nicht so niedergeschlagen, Mädchen«, sagte Averon augenzwinkernd, als er sich auf der anderen Seite herunterließ. »Wenn du Arbeit suchst, davon gibt es reichlich. Komm mit mir.«

Wenigstens nahm Averon ihr nichts übel. Maque wollte gerade auf ihrer Seite hinunterklettern, als sie genau wie ihr väterlicher Freund von einem ohrenbetäubenden Krachen und einem durchdringenden Knirschen, als ob ein Riesenast von einem Baum abbräche, aufgehalten wurde. Maque dachte schon, das furchtbare Geräusch würde von der *Perechon* stammen, doch dann sah sie von ihrem erhöhten Platz aus, woher es kam.

Die *Torado,* die sich durch die flachen Küstengewässer gearbeitet hatte, war auf Grund gelaufen und saß auf dem Unterwassergrat fest. Das große Schiff hatte sich zur Leeseite hin geneigt, und Maque konnte dicht über der Wasserlinie und fast direkt unter dem Bugspriet ein häßliches Loch im Rumpf erkennen.

»Ha! Das wird Limrod eine Lehre sein«, rief Melas vom Ruder her aus. »Er und seine Mannschaft können jetzt an Land Däumchen drehen oder zu Fuß nach Lacynos gehen, während wir in den Hafen segeln und unseren Preis in Empfang nehmen! Vielleicht segeln wir sogar zurück und holen die Unglücklichen ab – sobald das Rennen vorüber ist.« Die Matrosen an Bord der *Perechon* antworteten mit lautem Jubel und anerkennenden Pfiffen auf die Ankündigung ihres Kapitäns.

Nachdem die *Torado* einige hundert Schritt steuerbord von der *Perechon* festsaß, begann Melas, noch mehr Distanz zwischen sich und seinem letzten verbliebenen Rivalen, das Minotaurenschiff, zu legen. Als die *Torado* sich immer weiter zur Seite neigte, begann die Mannschaft, das Beiboot auszubringen. Das Boot würde zweimal fahren müssen, um die über zwanzig Mitglieder der Besatzung an Land zu bringen. Maque konnte sich die Stimmung unter den Seeleuten vorstellen. Fast taten sie ihr leid, aber dieses Gefühl schüttelte sie schnell ab, denn sie wußte, daß man sich auf See ein weiches Herz selten leisten konnte.

Nachdem sie das Deck wieder erreicht hatte, konnte sie ihre Aufmerksamkeit anderen Dingen zuwenden, zum Beispiel der Frage nach dem Verbleib von Averon, doch dann fiel ihr ein merkwürdiger Strudel in der Nähe der *Torado* auf.

»Averon, was hältst du davon?« fragte sie, als sie ihn an der Reling entdeckte.

Der Erste Maat zog ein kleines, uraltes Fernrohr aus der Tasche und schaute hindurch. Nach einer Minute stieß er einen leisen Pfiff aus. »Nun, Limrod hat durch diese Abkürzung nicht gerade das bekommen, was er sich gewünscht hatte, soviel steht fest. Sieh selbst.« Averon reichte Maque das Fernrohr und rief Melas zu, er solle sein eigenes herausholen und auf die *Torado* richten.

Zuerst konnte Maquesta nicht feststellen, was Averon meinte. Sie sah Limrod immer noch am Ruder stehen und seiner Mannschaft Befehle erteilen. Aber als sie dann das Schiff absuchte, bemerkte sie die ungewöhnlichen Seegrasgebilde, die an den Seiten der *Torado* klebten. »Wo kommt denn das Seegras …?« begann Maquesta, hielt dann jedoch inne, denn ihre Aufmerksamkeit war ganz von den Geschehnissen auf der *Torado* gefesselt. »Das Seegras bewegt sich«, flüsterte sie.

Limrod gestikulierte jetzt heftig, jede Bewegung verriet seine Angst. Sein Erster Maat, ein ansehnlicher Halboger, hatte eine Harpune in der Hand und spießte damit ein Stück Seegras auf, das über die Reling gekrochen kam. Der klägliche Rest der Mannschaft, der noch zu sehen war, stand stocksteif da. Das Beiboot baumelte auf halber Höhe zwischen Deck und Wasser.

Die Seegrasstränge bewegten sich weiter. Maques Magen krampfte sich zusammen, ihre Knie wurden weich. Selbst über diese Entfernung hinweg wußte sie nun, was die Mannschaft der *Torado* vor sich hatte. Als sie das Fernrohr genau auf einen der Stränge richtete, bestätigte sich ihr Verdacht. Die Seegrasschlingen waren in Wirklichkeit lange, grüne Haare, die den vielleicht gefürchtetsten Bewohnern dieser Gewässer gehörten: Meerhexen. Ein eisiger Angstschauer rann Maque den Rücken hinab, als die grausigen Wesen auftauchten. Eine der Hexen warf einen Blick in Richtung der *Perechon,* und Maque sah ihre kränklich gelbe Haut. Grüne Schuppenflecken bedeckten ihre knorrigen Fingerknöchel, und die unglaublich langen Nägel sahen aus wie schmutzige Krallen. Die Augen des Wesens hatten die grellrote Farbe eines Sonnenuntergangs vor dem Sturm. Einen Augenblick sah es so aus, als würde die verschrumpelte Kreatur zurückstarren, doch dann wurde Maquesta klar, daß die *Perechon* dafür viel zu weit entfernt war. Die Hexen konnten mit ihrem geisterhaften Äußeren ihre Opfer so erschrecken, daß diese für kurze Zeit alle Kraft verloren. Das gestattete den Kreaturen, näherzukommen und ihre Opfer durch ihren tödlichen Blick zu lähmen. Seeleute behaupteten, daß die Meerhexen ausschließlich für das Töten lebten und nur einen Bruchteil dessen fraßen, was sie erlegten.

Noch mehr Hexen krochen von der anderen Seite her auf das Deck der *Torado.* Es mußten zwei Dutzend sein! Maque konzentrierte sich auf eine Hexe, die sich einem Matrosen näherte, welcher es geschafft hatte, ein Bein über die Reling zu schwingen, bevor er an Ort und Stelle erstarrt war. Knochige Arme mit klauenbewehrten Händen griffen unter dem Vorhang aus Seegrashaar hervor und langten nach dem wehrlosen Mann. Ungläubig sah Maque zu, wie diese dürren, scheinbar schwachen Arme dem Matrosen mit sichtlicher Leichtigkeit den Hals brachen und dem bemitleidenswerten Mann anschließend den Arm abrissen, als wäre er ein Hähnchenbein. Dann nagte die Hexe den Arm bis auf den Knochen ab. Den Rest der Leiche stieß sie ins Wasser, bevor sie begann, das Deck nach weiteren Opfern abzusuchen. In ähnlicher Weise griffen die Meerhexen alle anderen Matrosen der *Torado* an. Nur der Kapitän und sein Erster Maat schienen einen gewissen Kampfgeist aufzubringen.

»Können wir denn gar nichts unternehmen?« hörte Maque sich selbst sagen. »Wir müssen doch etwas tun.« Aber ihre Worte blieben unbeantwortet.

Sie sah, wie Limrod sein Krummschwert zog und eine der Hexen aufschlitzte. Eine schwarzgrüne Masse quoll aus dem Bauch der widerlichen Kreatur über das Deck. Dennoch starb die Hexe nicht. Sie starrte den Kapitän an, hob ihre schmutzigen Klauen und fuhr ihm damit über das Gesicht. Maque war zu weit entfernt, um etwas zu hören, aber sie sah, wie Limrod den Mund aufriß, und sie stellte sich seinen Schmerzensschrei vor. Der Kapitän war jedoch voller Entschlossenheit und holte noch einmal mit seinem Schwert aus, traf die Hexe diesmal tief zwischen Hals und Schulter. Die schlug wild um sich und fiel auf das Deck. Ohne innezuhalten, stieg Limrod über die Leiche hinweg und begann, gegen die nächste Hexe zu kämpfen. Der Kapitän der *Torado* war stark, aber er war kein junger Mann mehr, und selbst aus dieser Entfernung konnte Maquesta erkennen, daß die Müdigkeit seine Schwerthiebe verlangsamte.

Maque nagte an ihrer Unterlippe und feuerte ihn wortlos an, schneller zu kämpfen, höher zu zielen, an der Kabine Rückendeckung zu suchen. Erleichtert atmete sie auf, als seine zweite Gegnerin zu Boden stürzte. Doch drei weitere nahmen ihren Platz ein. Das Trio bewegte sich langsam auf Limrod zu. Entweder wollten sie den Moment auskosten, oder sie waren vor dem großen Mann auf der Hut, der gegen ihren lähmenden Blick immun zu sein schien. Sie begannen ihn einzukreisen, und er tänzelte herum, ohne viel auszurichten. Dann wählte er eine Gegnerin aus, holte mit dem Schwert aus und trennte der kleinsten Hexe ein Bein ab. Zuckend fiel sie hin, doch ihre beiden Gefährtinnen gingen weiter vorwärts. Das Schicksal der dritten Hexe schien sie nicht zu bekümmern.

Eine packte den Kapitän am Schwertarm, grub ihre Klauen hinein und biß dann fest zu. Maque konnte sich die fauligen, scharfen Zähne vorstellen, die Limrod dazu brachten, seine Waffe fallenzulassen. Die andere näherte sich dem Kapitän von hinten und fuhr ihm mit den Krallen über den Rücken. Maque sah einen Augenblick weg, als Limrods Haut und sein Hemd aufgeschlitzt wurden. Als sie wieder hinschaute, lag der Kapitän auf dem Bauch, und die zwei Hexen kämpften um ihn. Doch er war offenbar noch nicht tot, denn er versuchte aufzustehen.

In diesem Augenblick kam ein anderer Seemann in Sicht, der Erste Maat der *Torado*. Der hochgewachsene Halboger trat eine der Hexen von dem Kapitän weg und stieß der anderen einen Enterhaken zwischen die Schulterblätter. Er half Limrod auf die Beine, und dann standen die beiden Rücken an Rücken einer ständig wachsenden Anzahl von Hexen gegenüber. Eine Weile glaubte Maquesta, sie könnten es tatsächlich schaffen, die schaurigen Kreaturen zu vertreiben, aber es waren zu viele Hexen, als daß zwei Leute mit ihnen hätten fertigwerden können. Nachdem die zwei Männer noch drei Hexen getötet hatten, sah Maque zu ihrem Entsetzen, wie der Kapitän in die Knie ging und schließlich doch seinen schrecklichen Wunden erlag. Mit dem Fernglas suchte sie die anderen Bereiche der *Torado* ab. Ihre Kehle war wie zugeschnürt, als sie sah, daß das Blut auf dem gesamten Deck knöchelhoch stand. Ein rotes Rinnsal tröpfelte langsam an Backbord herunter.

»Wenn diese Kreaturen schon nicht Grund genug sind, diese Gewässer zu verlassen, dann spätestens das Blut«, warnte

Averon. »Sobald es ins Wasser gelangt, hält jeder Bullenhai und jeder Barrakuda in meilenweitem Umkreis auf uns zu. Melas, können wir nicht schneller segeln?« rief er dem Kapitän zu.

»Warte!« Maque hielt Averon am Arm fest. »Sollten wir nicht versuchen zu helfen? Können wir denn gar nichts tun?« Diesmal hatte sie jemanden, der ihr zuhörte, aber das half auch nicht viel.

»Was denn tun, Mädchen?« Ungeduldig schüttelte Averon den Kopf. »Sobald wir auf dreißig Fuß an die *Torado* heran sind, können diese Hexen uns mit ihren Kräften lähmen – so servieren wir uns ihnen nur als kostenlosen Nachtisch. Nein, danke, Maque.«

Averon winkte ein paar Leute aus der Mannschaft herbei, die ihm helfen sollten, die Segel wieder herunterzulassen, die sie gerade festgezurrt hatten. So sehr sie sich auch fürchteten und sich danach sehnten, diese Gegend hinter sich zu lassen, so zögerten die Männer doch und warteten auf Melas' Befehl.

Maque hielt weiterhin die Augen auf das blutige Deck der *Torado* gerichtet. Plötzlich kam ihr das Rennen ganz unwichtig vor. »Aber wir können doch die Mannschaft nicht im Stich lassen! Ich sehe noch ein paar Seeleute, die am Leben sind.«

»Wir können nur noch uns selber helfen, indem wir so schnell wie möglich von hier wegfahren, bevor die Meerhexen nach dem nächsten Opfer Ausschau halten und bevor die Bullenhaie im Rudel kommen. Wenn diese Kreaturen erst einmal Blut geleckt haben, können sie selbst in ein Schiff von der Größe unserer *Perechon* ein Loch reißen. Fort mit uns!«

Diese Worte waren ebenso für Melas wie für Maque bestimmt. Averon fixierte seinen Freund und Kapitän. Maquesta löste den Blick von der *Torado* und sah ihren Vater flehend an. Melas war nicht vom Ruder gewichen, das er immer noch fest in der Hand hielt. Aber seine Tochter sah, daß er totenbleich geworden war.

»Vater …«

»Nein. Averon hat recht. Wir können nichts tun«, sagte er grimmig. »Außer, wir wollen mit Limrod und seinen Leuten sterben. Und das will ich sicher nicht. Im übrigen, Maque, bis wir dort sind, würde es keine Überlebenden mehr geben, die wir retten könnten.« Nach einem letzten Blick auf die *Torado* faßte er das Ruder fester. »Vartan! Du und Hvel, ihr hißt das Großmastsegel. Mal sehen, wie schnell wir dieses Nadelöhr hinter uns bringen können. Wir müssen uns beeilen, die *Katos* holt schnell auf. Wir müssen vor ihr durchkommen!«

Melas drehte die *Perechon* nach Westen, damit sie in das Auge des Bullen einfahren konnte, als Vartan ihm von der Spitze des Großmastes etwas zurief. Maquesta sah, daß die *Katos* weiter an die *Perechon* heranrückte, ohne für die *Torado* anzuhalten oder auch nur langsamer zu werden, um etwa zu sehen, was dort geschah.

»Kapitän – achtern an Steuerbord. Was haltet Ihr davon?« In Vartans Stimme lag ein Anflug von Furcht. Als Melas, Maque, Averon und alle anderen an Deck in die angezeigte Richtung schauten, erblickten sie eine schaumgekrönte Welle, welche die *Perechon* zu verfolgen schien. Unter ihrem weißen Schaum schimmerte die Welle im Morgenlicht blaugrün. Sie bewegte sich unglaublich schnell und kam der *Perechon* mit jedem Augenblick näher.

»Was meint Ihr, Kapitän, sollen wir die Ruder bemannen?« fragte Hvel, der Vartan mit dem Großmastsegel geholfen hatte. Die Mannschaft hielt bei ihrem Tun inne, um Melas' Antwort abzuwarten, denn jeder wußte, daß die Benutzung der Ruder die Regeln des Rennens verletzen würde. Die Mannschaft der *Katos* würde das Ausfahren der Ruder sehen und wegen dieses Regelbruchs gewinnen. Der Kapitän behielt die Welle fest im Auge und sah mit dem Fernrohr genauer hin.

»Vartan, du gehst ans Ruder! Averon, Maquesta, ihr laßt die Strickleiter an Steuerbord herunter und bleibt dort stehen.«

Fast zornig stieß Melas seine Befehle aus, dann rannte er die Stufen vom Achterdeck herunter, sobald Vartan das Ruder erreicht hatte.

Maque fing Averons Blick auf und hob fragend die Augenbrauen. Er antwortete mit einem Schulterzucken. Offenbar wußte Averon genauso wenig wie Maque, was hier vor sich ging. Argwöhnisch betrachtete Maque die nahende Woge. Eine Meerhexe? Jedenfalls war es kein Bullenhai, so schnell bewegten diese Fische sich nicht.

»Seht, die *Katos* ist auf gleicher Höhe mit uns!« rief einer der Matrosen. »Wir können uns keine Verzögerung leisten. Wir müssen vorwärts!«

Melas ignorierte den Ruf, und mit beeindruckender Behendigkeit schwang er sich über die Seite des Decks und begann die Leiter hinunterzuklettern.

»Vater, was in Krynns Namen machst du da? Sei vorsichtig!« Als Maquesta merkte, daß sie immer noch Averons Fernrohr hatte, wollte sie es gerade ans Auge heben, als ein schrilles Wiehern sie innehalten ließ.

»Hippocampi!« rief Averon. »Seerösser!«

Erleichtert, aber immer noch neugierig, lehnte sich Maquesta erwartungsvoll über die Reling. Alle Seefahrer kannten Geschichten von Seerössern oder kannten jemanden, der wiederum jemanden kannte, dem diese gutmütigen Meerestiere, die Hippocampi, geholfen hatten, aber Maquesta hatte noch nie eines gesehen. Sie reckte sich, um die Welle anzustarren, die von den Hippocampi erzeugt wurde, welche offenbar etwas zum Schiff brachten.

Innerhalb von Minuten konnte Maquesta drei pferdeähnliche Wesen erkennen, die auf die *Perechon* zueilten. Ihre Pferdeköpfe, die von Mähnen aus langen, schillernden Flossen gekrönt waren, erhoben sich graziös aus dem Schaum, als würden sie von der Woge getragen. Als sie näherkamen, erkannte Maque, daß es die Hippocampi selbst waren, die das Wasser mit ihren mächtigen Vorderläufen aufwirbelten und den Schaum erzeugten.

Die Welle glättete sich, als die Hippocampi das Tempo drosselten, bevor sie Melas erreichten, der jetzt am Ende der Strickleiter angelangt war. Einen Arm hatte er um das rauhe Hanfseil geschlungen, der andere war frei. Das Tier, das dem Schiff am nächsten war, war meerblau. Ein anderes war elfenbeinfarben, das dritte jedoch blaßgrün, fast wie die Farbe der See. Ihre Vorderläufe und die Leiber waren pferdeartig und von kurzen Haaren bedeckt. Aber statt Vorderhufen hatten sie Schwimmflossen, und die hintere Körperhälfte bestand aus einem langen, dicken, schuppigen Fischschwanz. Es war, als hätten die Götter die besten Merkmale eines Pferdes und eines Fisches zu diesem Wesen zusammengesetzt. Langsam schwangen die Tiere ihre dreieckigen Schwanzflossen im Wasser hin und her, um ihren Kopf über der Oberfläche zu halten.

Zwei der Wesen blieben zurück, während das größte sich mit Hilfe kräftiger Schwanzschläge im Wasser aufrichtete und sich Melas entgegenstreckte. Sein blaues Fell fing das Sonnenlicht ein und reflektierte es in einem farbenfrohen Glitzern. Drei tiefe Kiemen öffneten sich am Übergang vom Kopf zum muskulösen Hals, was das Wesen dazu befähigte, sowohl Wasser als auch Luft zu atmen. Aus der Nähe konnte Maque sehen, daß die Mähne in Wirklichkeit eine biegsame Membran war, die wie eine Flosse aussah, und daß sie aus der Nackenmitte des Hippocampus wuchs.

Vor Melas machte das Wesen Halt und musterte den Kapitän der *Perechon* mit seinen intelligenten Augen, bevor es den Kopf zum Gruß senkte. Melas erwiderte die Geste. Der Hippocampus hob den Kopf, stieß ein gedämpftes Wiehern aus und schwang dann herum, um Melas seine Flanke entgegenzurecken. Auf dem Rücken des Rosses hing ein großes Bündel nasser Kleider. Melas bückte sich und hob es mit seinem kräftigen Arm hoch. Erst da wurde Maquesta klar, daß in den Kleidern jemand steckte! Melas und der Hippocampus verneigten sich wieder voreinander, dann schloß sich das Seeroß seinen Gefährten an und eilte davon. Melas verlagerte das Gewicht des Geretteten auf seine Schultern und kletterte langsam die Leiter hoch – eine Aufgabe, die zu bewältigen für einen kleineren, schwächeren Mann unmöglich gewesen wäre.

»Ruft Lendle her«, brummte Melas, als Maque und Averon ihm und seiner Bürde an Deck halfen. Maque klappte vor Staunen die Kinnlade herunter, als ihr Vater den Mann aufs Deck legte. Es war der Erste Maat der *Torado,* der ansehnliche Halboger, den sie im Kampf gegen die Meerhexen beobachtet hatte. Seine Kleider waren zerfetzt, und seine bronzefarbene Haut wies lange Kratzspuren von den scharfen Fingernägeln der Hexen auf. Mitten auf der Brust klaffte eine tiefe Bißspur, wo eine der Hexen ihn mit den Zähnen angegriffen hatte. Der Halboger trug sein langes blondes Haar zu einem Zopf geflochten, der ihm bis zur Rückenmitte herunterhing. Doch jetzt war er blutverkrustet und der Lederriemen, der ihn zusammenhielt, ausgefranst. Seinen dünnen Schnurrbart hatte ihm das Meerwasser an sein kantiges Gesicht geklebt, und eine breite, noch blutende Wunde zog sich bis zum Kieferknochen über seine rechte Wange. Das wird wohl eine große Narbe geben, überlegte Maquesta.

»Sein Name ist Fritzen Dorgaard«, erklärte Melas. »Er ist die letzten drei Jahre mit Limrod gesegelt.« Maque sah, wie ihr Vater über das Deck blickte und dann auf zwei starke Matrosen zeigte. »Ihr bringt Fritz nach unten in die Mannschaftsräume und seht zu, was Lendle für ihn tun kann. Es überrascht mich, daß der Halboger das Schiff verlassen hat. Obwohl, vielleicht hat er das gar nicht. Vielleicht haben ihn die Rösser weggezogen. Jedenfalls wird er der einzige Überlebende sein.«

Melas und Maque sahen auf Fritzen herab. Sein Atem ging flach, aber seine glasigen Augen standen weit offen. »Armer Mann«, sagte Melas traurig. »Wahrscheinlich sieht er nur, was sich vor seinem inneren Auge abspielt. Wenn er es schafft, übernehme ich ihn. Ich habe gehört, daß er ein guter Mann ist, ein ehemaliger Akrobat, der für die See sein Zirkusleben aufgegeben hat.«

Der Kapitän entfernte sich von dem Halboger und begab sich in die Mitte der *Perechon.* »Was den Rest von uns angeht – wir sollten dieses Schiff in Fahrt bringen! Wir müssen ein Rennen gewinnen und haben keine Zeit zu verlieren.« Nach einem letzten besorgten Blick auf den Ersten Maat der *Torado* sprang Melas die Stufen zum Achterdeck hinauf, übernahm von Vartan das Ruder und brüllte der Mannschaft Befehle zu. Lendle, der aus der Kombüse herangestürzt war, schleppte Fritzen mit Hilfe der anderen beiden Matrosen davon. Maque schüttelte ihren Schrecken und ihr Erstaunen ab und konzentrierte sich wieder auf ihr Ziel, das Rennen zu gewinnen.

Die Verzögerung, die der *Perechon* dadurch entstanden war, daß sie Fritzen aufgenommen hatten, ermöglichte es der *Katos,* das zu erreichen, was sie aus eigener Kraft seit anderthalb Tagen nicht geschafft hatte – die Spitzenposition. Das Schiff war ins Auge des Bullen gesegelt und hatte bereits fast eine Seemeile zwischen sich und die *Perechon* gebracht. Die Meerenge ließ Melas wenig Raum zum Manövrieren und Vorbeiziehen. Auf der Seite von Mithas ragten hohe Klippen am Kanalrand empor, so daß die Wellen, die gegen ihren Fuß schlugen, direkt zurückgeworfen wurden, wodurch sie oft mit anrollenden Wogen kollidierten. Das Resultat waren donnernde Brecher und eine fast senkrechte Wasserwand. Auf der Seite von Kothas wirkte der Kanal ruhiger. Melas wußte jedoch, daß unter der Oberfläche tückische Strömungen und tödliche Riffe lauerten, die Meerhexenkolonien beherbergten.

»Wir müssen so dicht, wie wir es wagen, hinter der *Katos* hersegeln und dann die Führung übernehmen, sobald wir die

Meerenge verlassen!« brüllte Melas, damit man ihn über das Brausen der Wellen hinweg vernehmen konnte.

Die *Perechon* tanzte und hüpfte auf dem Wasser, als sie dem Minotaurenschiff durch das Auge des Bullen folgte. Das Wasser brodelte, und die Wellen schlugen über das Deck, so daß die Matrosen eiligst nach einem festen Halt suchten. Maquesta klammerte sich an die Takelage und versuchte, die Strickleiter des Großmastes hochzuklettern. Sie wollte sich einen Überblick verschaffen, wie weit die *Katos* voraus war. Doch nach etwa zehn Fuß machte sie lieber Halt. Sie schlang ihre Arme um die Seile und blieb, wo sie war, während die *Perechon* weiter über die aufgewühlte See tanzte. Unten sah sie einen vor kurzem erst angeheuerten Matrosen, der sich an der Spill festhielt, sich vorbeugte und vor Seekrankheit spie. Sie verzog das Gesicht. Wenn ihr Vater den grünen Seemann entdeckte, würde er ihn mit strengen Worten bedenken und ihn zwingen, sich anderswo eine Arbeit zu suchen.

Eine große Welle brach über den Bug des Schiffes und übergoß den hilflosen Matrosen mit einem Wasserschwall. Maque grinste, doch dann mußte sie sich eilig selbst anklammern, als das Schiff schwankte und sie fast das Gleichgewicht verlor. Sie griff noch fester nach der Strickleiter, aber ihre Beine baumelten herunter, als wäre sie eine Fahne im Wind. Als sie aufblickte, sah sie, wie das Großsegel sich gegen die Masten blähte, und sie hörte weit oben das Holz knirschen, aber sie stieß einen tiefen Seufzer der Erleichterung aus, als endlich der Ausgang aus der Meerenge in Sicht kam und das Wasser allmählich ruhiger wurde.

Der Seekranke riß sich wieder zusammen und machte sich an den Leinen zu schaffen. Breit lächelnd sah Maquesta ihm noch einen Moment zu, dann kletterte sie höher, um einen besseren Blick auf die *Katos* zu haben. Melas lenkte die *Perechon* dicht hinter dem Minotaurenschiff her, als sie sich dem Ende des Kanals näherten.

»Schneller, schneller« drängte Maque, als sie noch höher stieg und die Segel überprüfte. Das Tuch und die Leinen hielten, doch sie nahm sich vor, ihren Vater zum Kauf eines neuen Großsegels zu überreden, wenn sie das Preisgeld in der Hand hatten. Dieses hier war schon zu oft geflickt worden.

Schließlich tauchten die *Katos* und die *Perechon* aus dem Kanal auf, und Maquesta kletterte rasch die Wanten herunter und eilte an die Seite ihres Vaters. »Zieh!« rief er ihr zu und stieß sie vor das Steuerrad. Sie packte zwei der verlängerten Holzspeichen, die als Griffe dienten, und drehte das Rad rasch nach rechts. Diese Bewegung setzte eine Reihe von Seilzügen in Gang, die am Ruder befestigt waren, und die *Perechon* schob sich an die Steuerbordseite der *Katos.* »Halt sie so!« schrie Melas laut, damit sie ihn über dem Knattern der Segel im Wind hören konnte. »Ich gehe rüber und passe die Takelung an. Mal sehen, ob wir noch etwas aus ihr herausholen können!«

Maquesta bebte vor Aufregung am ganzen Körper. Im entscheidendsten Teil des Rennens hatte sie das Ruder in die Hand bekommen. Die *Perechon* hatte schon an vielen derartigen Wettrennen teilgenommen, aber dies war das erste Mal, daß ein anderes Schiff eine echte Herausforderung darstellte. Maques Atem ging schneller, und sie spürte, wie ihr das Herz in der Brust hämmerte. Der Kurs führte das Schiff so nah an die *Katos* heran, daß sie glaubte, sie würde gleich die Gespräche der Minotaurenmatrosen an Deck vernehmen können. Als sie einen Seitenblick riskierte, sah die den Kapitän und seine Offiziere am Ruder arbeiten. Eine andere Gruppe Seeleute kämpfte mit der Takelage. Maquesta glaubte allerdings nicht, daß die Minotauren die Erfahrung ihres Vaters hatten.

Mit einer Hand an der Königsspeiche, dem größten Handgriff, der nach oben zeigte, wenn das Ruder gerade ausgerichtet war, drehte Maquesta das Steuerrad hart nach links, um die

Perechon weiter von der *Katos* zu entfernen und näher an die tückische Küste zu bringen. Maquesta bezweifelte, daß ihr Vater dieses Manöver gewagt hätte. Wahrscheinlich hätte er seine Tochter sogar aufgehalten, wenn er hätte eingreifen können. Maque wollte nicht riskieren, daß die zwei Schiffe in dem unberechenbaren Wasser aneinanderstießen, und sie wollte das gleiche versuchen, was auch Limrod versucht hatte – aber in etwas tieferem Wasser. Sie wußte, daß die *Perechon* weniger Tiefgang hatte als die *Torado,* und insgeheim wollte sie ihren Vater beeindrucken und der Mannschaft etwas beweisen. Die Gischt spritzte ihr ins Gesicht, erfrischte und kühlte sie ab. Ein neuerlicher Seitenblick sagte ihr, daß die *Perechon* etwas Vorsprung gewonnen hatte – sie zog an der *Katos* vorbei. Durch Maquestas Manöver hatte die *Perechon* wieder die Führung übernommen!

Die Matrosen an Deck der *Perechon* brachen in Jubel aus. Melas trat, ein Lob auf den Lippen, von hinten an seine Tochter heran und klopfte ihr kräftig auf den Rücken.

»Hervorragend gemacht, Maquesta!« sagte er. »Wie gut, daß ich dir das Ruder gegeben habe – das hätte ich bestimmt nicht gewagt.« Etwas leiser fügte er hinzu: »Und wehe, ich erwische dich je dabei, daß du so etwas wieder versuchst. Ich habe ein paar Dinge geändert, so daß wir jetzt in der Lage sein müßten, noch mehr an Geschwindigkeit zuzulegen. Das wird die Segel und die Takelung etwas stärker beanspruchen, aber ich will dieses Rennen unbedingt gewinnen.«

Sie grinste ihn an und trat zurück, um ihm das Ruder wieder zu übergeben. Seine sanfte Schelte war schon vergessen. Nichts konnte ihre gute Laune jetzt dämpfen. Ihr war der Schachzug gelungen, welcher der *Torado* zum Verhängnis geworden war; sie hatte die *Perechon* dicht an die Küste von Mithas geführt. Sie hatten sich zwischen der *Katos* und der Küste hindurchgequetscht und mit der Führung auch Rache genommen.

An diesem Sommerabend schien die Sonne noch lange warm auf ihre Haut. Maque gestattete sich, an das Fest zu denken, das heute nacht in Lacynos stattfinden würde. Weil sie gerade neben ihrem Vater stand, der das Ruder hielt, lächelte Maque zu Melas hoch, und der zwinkerte ihr fröhlich zu. Maque war zuvor die ganze Zeit in Hörweite ihres Vaters auf dem Achterdeck geblieben, während der ihren Vorsprung vor der *Katos* weiter ausbaute. Wie bei zahllosen Gelegenheiten in ihrer Jugend hatte Maque ihre Aufgaben wie befohlen ausgeführt und zugehört, wenn Melas ihr seine Strategie erklärte: Warum die Segel auf eine bestimmte Weise getrimmt werden mußten, welche Gewässer welche Gefahren oder Vorteile bargen, wie die Königsspeiche unter bestimmten Bedingungen in der Hand lag im Vergleich zu anderen Umständen ... Als Maquesta jünger war, hatte Averon sich ihnen manchmal angeschlossen, und Maque und ihr Vater hatten stundenlang die Feinheiten des Navigierens durchgesprochen, während der Erste Maat hin und wieder großspurig seine Meinung dazu kundgetan hatte. In letzter Zeit jedoch war das immer mehr eine Sache allein zwischen Vater und Tochter geworden. Niemand anders, auch nicht Averon, durfte sie unterbrechen, sofern die Angelegenheit nicht äußerst dringend war. Je mehr Maques Wissen und Erfahrung wuchsen, desto häufiger suchte Melas eher ihren Rat als den von Averon. In solchen Zeiten überlief Maque immer ein stolzer Schauer.

Inzwischen hing die *Katos* wieder mehr als eine Seemeile hinter der *Perechon* zurück, ohne die Lücke schließen zu können. Maquesta schätzte, daß sie bei beständigem Wind eine gute Stunde vor Anbruch der Dunkelheit in die Hörnerbucht einsegeln und den Sieg davontragen würden. Sie erinnerte sich daran, daß sie ihren Vater bitten wollte, ein neues Topsegel für den Großmast zu kaufen. Zwar bauten die Minotauren nicht so gute Schiffe wie andere Rassen, aber sie waren ausgezeichnete Segelmacher.

Dann schoß ihr ein seltsamer Gedanke durch den Kopf. »Vater, findest du es nicht merkwürdig, daß wir von der *Katos* vor diesem Rennen noch nie etwas gesehen oder gehört haben?«

»Krynn ist gar nicht so klein«, erwiderte Melas. »Es gibt Häfen, die wir noch nie gesehen haben, in Meeren, die wir noch nicht besegelt haben.«

»Aber nicht so furchtbar viele, und ihrem Äußeren nach scheint die *Katos* außerdem ein Blutmeerschiff zu sein. Ich hätte nicht gedacht, daß es hier Schiffe gibt, die wir nicht kennen«, beharrte Maque, während sie die *Katos* nachdenklich anstarrte. »Jedenfalls sieht sie wirklich aus wie ein Blutmeerschiff – bis auf eine Kleinigkeit. Hast du es auch gesehen?«

»Ja. Es ist ein bißchen ungewöhnlich, aber *so* ungewöhnlich auch wieder nicht, Maquesta.«

Die Rede war von einem gestreiften Sonnendeck, das sich vom Boden des oberen Achterdecks über das Hauptdeck der *Katos* zog und an drei Seiten geschlossen war, so daß es wie ein kleines Zelt aussah.

»Ich könnte es nicht ertragen, wenn ich auf unserem Hauptdeck um so etwas herumarbeiten müßte«, sagte Maque. »Ich frage mich ... na so was!« Maque, die die *Katos* eher verträumt gemustert hatte, wurde plötzlich hellwach. »Ist der Wind umgeschlagen?« Sie hatte keinen Unterschied bemerkt. Als sie die Segel der *Perechon* überprüfte, sah sie keine Veränderung. Sie schaute wieder zu dem anderen Schiff hinüber. »Vater, ich weiß nicht, wie sie das anstellt, aber die *Katos* holt auf!«

»Was?!« brüllte Melas. »Maquesta, hierher!« Er wies ihr das Ruder zu, dann stellte er sich einen Augenblick hin, stemmte die Hände in die Hüften und starrte zur *Katos* zurück. Er holte sein Fernrohr aus der Tasche, zog es aus und hob es an sein rechtes Auge. Ein Schwall von Flüchen brach aus ihm heraus. Er schob sich das Instrument wieder in die Tasche, dann stürmte er die Stufen zum Hauptdeck hinunter. »Averon, komm her und hilf mir! Vartan, Hvel, an den Großmast!«

Melas gab ein Kommando nach dem anderen, ließ die Mannschaft erst ein Segel, dann das nächste nachstellen, und brüllte gleichzeitig Maque am Ruder Befehle zu. Die Seeleute arbeiteten wie wild, aber die *Katos* holte immer weiter auf.

Maque umklammerte das Ruder und blieb unverrückbar dort stehen. Ihr Herz klopfte laut vor Freude – wieder hatte sie zu einem wichtigen Zeitpunkt das Steuerrad bekommen. Ihre rechte Hand lag fest um die Königsspeiche. Doch in ihren Stolz mischte sich blanke Angst. Es bestand die Gefahr, daß sie noch einmal überholt wurden!

Maque blickte über die Schulter nach hinten. Trotz aller Anstrengungen machte die *Katos* die Führung der *Perechon* nur eine Stunde vor der Hörnerbucht immer mehr zunichte. Welch eine Schande! Maquesta schämte sich – vor sich selbst, weil sie so selbstsüchtige Gefühle hegte. Aber noch schlimmer war die mit Zorn vermischte Scham angesichts des Gedankens, daß sie das Ruder der *Perechon* führte, während die womöglich gerade in die Niederlage segelte.

Die Segel der *Perechon* knatterten laut im Wind. Melas hatte jeden Fetzen Segeltuch aufsetzen lassen. Er hatte sie so positioniert, daß sie den größtmöglichen Vorteil aus jedem Windhauch ziehen konnten. Mit selten großer Kraft brach die *Perechon* durch die Wellen. Salzige Gischt benetzte Maquestas Gesicht und klebte ihr die Locken an den Kopf. Mit jeder Unze ihres Körpergewichts lehnte Maque sich gegen die Holzspeichen des Steuerrads und bemühte sich, das schneller werdende Schiff stetig auf Kurs zu halten. Sie überlegte, ob sie das Rad mit einem Stück Seil an das Achterdeck binden sollte, was ihr die Aufgabe womöglich erleichtern würde, und suchte mit den Augen das Deck ab. Als sie aufsah, merkte sie, daß ihr Vater neben ihr stand. Stirnrunzelnd starrte er aufs Meer hinaus. Ein einziger Blick genügte, und Maque wußte, daß er keine guten Nachrichten brachte.

Aber als sie wieder zurückblickte, hätte Maque vor Freude

fast aufgeschrien. Das Meer war leer! Sie mußten die *Katos* weit hinter sich gelassen haben. Doch schon im nächsten Augenblick erkannte sie, daß das Meer hinter ihnen nur deshalb leer war, weil die *Katos* auf gleicher Höhe mit der *Perechon* lag! Mit einem Nicken in Richtung Maque übernahm Melas das Ruder. Mehrere Augenblicke vergingen, während derer Vater wie Tochter den Kopf schüttelten, weil sie ihren Ohren nicht trauten. Aber dennoch vernahmen sie es beide, wenn auch zunächst nur schwach: ein hohes Pfeifen, das – unglaublich, aber wahr! – nach einer Flöte klang, die einen hurtigen Tanz spielte.

Jetzt segelte die *Katos* ziemlich dicht an der *Perechon*, immer noch Bug an Bug, aber anscheinend nicht in der Lage, wirklich vorbeizuziehen. Die Musik wurde immer lauter. Maque und Melas sahen einander an. Beide hatten dieselbe Frage im Sinn: Woher kamen diese Töne? Die allmähliche Erkenntnis, daß die Musik ihren Ursprung auf der *Katos* hatte, ließ Melas noch mehr die Stirn runzeln. Wer in Krynns Namen würde auf den letzten Meilen eines Rennens Flöte spielen?

»Wenn das da drüben die Stimmung heben soll, möchte ich wetten, daß es nichts hilft«, sagte Maque aufgeregt. »Ich glaube nicht, daß sie uns überholen können! Was meinst du, Va– «

Sie brachte ihre Frage nicht mehr zu Ende. Die Musik brach unvermittelt ab, und Maquesta glaubte zu sehen, daß die Spannung in den Segeln der *Katos* etwas nachließ. Dann hoben die Töne jenseits der Wellen wieder an; diesmal trug die Luft eine unheimliche Melodie herüber, die eine noch höhere Tonlage hatte als zuvor der Tanz. Auf unerklärliche Weise war die *Perechon* plötzlich von widrigen Winden umhüllt, deren Böen der Mannschaft beißenden Sand in die Augen trieben. Die Segel der *Perechon* ächzten und krachten, weil der Wind sie erst von der einen Seite, dann von der anderen aufblähte. Die hohen Holzmasten knarrten bedrohlich, als würden sie

Schmerzen leiden, denn sie waren fast über die Maßen beansprucht.

»Die Segel einholen!« bellte Melas vom Ruder aus. »Holt die Segel ein, sonst verlieren wir unsere Masten!«

Einen Unterarm vor das Gesicht gelegt, um ihre Augen vor dem Sand zu schützen, kämpfte sich Maquesta zum Besanmast durch, wo Averon und mehrere andere versuchten, beide Segel herunterzulassen.

»Jemand muß auf die Spiere klettern!« rief Averon ihr ins Ohr. »Ein Teil der Leinen vom Großsegel hängt irgendwo fest. Hier, nimm meinen Platz an diesem Tau, dann gehe ich.«

Maque schüttelte wortlos den Kopf und begann in die Wanten zu steigen. Sie wußte, wo das Problem lag, denn es geschah nicht zum ersten Mal, daß das Großsegel Schwierigkeiten machte. Sie sah auch, daß Averon ihr etwas zurief, denn er bewegte die Lippen – aber die Worte wurden vom Wind davongetragen. Maque gehörte zu den besten Kletterern an Bord. Sie war sicher, daß sie im Lösen eines Segels besser sein würde als im Festhalten eines Taus, denn dabei kam es mehr auf Geschicklichkeit denn auf Kraft an. Und wie immer hatte sie das Gefühl, sie müßte sich vor der Mannschaft beweisen.

Vom Wind gebeutelt, schob sich Maquesta Zoll um Zoll in die Takelage hoch. Sie verließ sich mehr auf ihr Gefühl als auf ihre Augen, denn die mußte sie gegen den beißenden Staub schließen. Dann, als sie die Spiere fast erreicht hatte, legte sich der Wind so plötzlich, wie er begonnen hatte. Als Maque blinzelte, um besser sehen zu können, stellte sie fest, daß der Himmel immer noch wolkenlos war. Die Sonne schien, und die *Katos* segelte inzwischen weit voraus, scheinbar unbehindert durch widrige Winde. Maquesta arbeitete am Großsegel, bis die Falte befreit war, dann sah sie wieder zu dem Minotaurenschiff hin.

An Deck der *Katos* konnte sie eine schlanke Gestalt ausmachen, die einen schwarzen Umhang mit Kapuze trug. Kein Minotaurus, schätzte sie, denn sonst hätte man unter dem Stoff den Umriß der Hörner gesehen. Bevor Maquesta die Gestalt näher in Augenschein nehmen konnte, verschwand diese unter dem gestreiften Sonnendeck.

Kapitel 3
Betrogen

»Herein.«

Die Aufforderung war nur schwer verständlich. Maquesta war davon ausgegangen, daß ihr Vater das Bier an Bord kosten würde – aber wirklich nur kosten. Und so war sie sehr überrascht, daß er sich allein in seine Kabine zurückgezogen hatte, nachdem die *Perechon* ohne großen Empfang in den Hafen von Lacynos eingelaufen war – gerade rechtzeitig, um ein abgedecktes Minotaurenboot mit ein paar Leuten von der *Katos* abfahren zu sehen, vermutlich, um den Preis für den Sieger abzuholen. Melas trank allein, nur in Gesellschaft von ein paar großen Krügen des berauschenden Getränks. Maque warf ihm einen Blick zu, drehte sich um und ging. Sie würde später wiederkommen, wenn er nüchtern war oder seinen Rausch ausschlief.

Mit einem Buch und einer Öllampe in den Händen zog sich Maque auf das obere Achterdeck zurück. Ihr Platz am Ruder war jetzt erwartungsgemäß verwaist, da die *Perechon* in der Hörnerbucht festgemacht hatte. Doch selbst hier hinten hörte sie die Matrosen in der Kombüse am anderen Ende des Schiffes und in ihren Mannschaftsräumen über das schlechte Abschneiden der *Perechon* stöhnen. Auch sie spülten ihre Sorgen mit Bier weg.

Einige Stunden später hatte sich der größte Teil des Lärms gelegt. Ein paar Matrosen waren an Deck gestolpert und dort umgekippt. Zu ihnen gehörte auch Vartan, den Maque auf dem Hauptdeck liegen sah. Diejenigen, die noch in der Kombüse hockten, waren zu einem richtigen Besäufnis übergegangen. Aber Melas war immer noch nicht aus seiner Kabine aufgetaucht, und Averon war auch nicht zu ihm gegangen, was Maque gleichermaßen merkwürdig fand. Normalerweise hätten die beiden vereint mitten unter den Männern gesessen. Maque trank selten und wenn, dann niemals im Kreise der Mannschaft. Sie wollte nicht riskieren, daß sie die Selbstbeherrschung verlor und sich lächerlich machte.

Maque zog ohnehin die Flucht in die Lektüre vor. Ihre Mutter, in ihrem Elfendorf eine Lehrerin, hatte Maque oft vorgelesen, sowohl in der Gemeinsprache der Menschen als auch in der lispelnden Elfensprache, und Maque hatte das Lesen deshalb immer mit ihrer Mutter in Verbindung gebracht. Sie zog beträchtlichen Trost daraus, selbst wenn ihr Lesestoff nur eine alte Seekarte oder ein Navigationsbericht war. Heute nacht jedoch, als sie über das enttäuschende Abschneiden der *Perechon* nachgrübelte, konnte Maque sich kaum auf das Lesen konzentrieren. Schließlich beschloß sie, noch einmal nach ihrem Vater zu sehen.

Als sie die Tür zur Kabine ihres Vaters aufstieß, zögerte sie. Die Kabine war dunkel, nur vom Licht der Monde von Krynn erhellt, das an beiden Seiten durch Bullaugen hereinfiel. Melas war über seinem Tisch zusammengesunken. Die Tischplatte war von Papieren übersät. Zu Melas' Füßen lagen zwei leere Krüge.

Als Maque sich ihm näherte, hoffte sie, daß ihr Gesicht nicht die plötzliche Pein verriet, die sie verspürte. Ihr Vater weinte. Seit jenem ersten Jahr nach dem Verschwinden ihrer Mutter hatte sie ihn nicht mehr weinen sehen. Einmal hatte Melas gesagt, damals hätte er soviel geweint, daß er alle seine Tränen verbraucht hätte. Aber jetzt weinte er wieder.

»Vater, was ist denn?« Maque kniete sich neben Melas und sah zu ihm auf. »Es war doch nur ein Rennen. Wir werden andere Rennen gewinnen. Andere Preise holen. Die Mannschaft wird auf ihre Heuer warten. Das haben die Männer schon oft getan. Sie lassen dich nicht im Stich.«

Melas wandte sein Gesicht von ihr ab. »Ach, nein, Maquesta. Es war mehr als ein Rennen. Es war die *Perechon* selbst.« Er sank schluchzend in sich zusammen. Dann wurde er still. Er wischte sich mit seinem stämmigen Unterarm über das Gesicht, um die letzten Tränen abzustreifen. Dann sah er seiner Tochter ernüchtert in die Augen. »Jetzt habe ich es gesagt.«

Sie sah ihn an und strich ihm sanft über den Kopf. »Was gesagt? Was meinst du damit?« Maque warf ihrem Vater einen verwirrten Blick zu. »Mit der *Perechon* ist alles in Ordnung. Sie ist so gut wie immer. Bei diesem Sandsturm hätte niemand ein Rennen gewinnen können. Alles, was wir brauchen, ist ein neues Großsegel.« Als sie an ihre Rolle am Ruder dachte, überkam sie ein Anflug von Schuld. Vielleicht hätte sie doch etwas tun können, als die *Katos* das zweite Mal überholte. Maque schüttelte den Gedanken ab. »Hör zu, ich habe gerade im *Handbuch für Meereskundige* etwas über einen furchtbaren Sandsturm gelesen, der …«

»Nein, Maquesta. Die *Perechon* ist immer noch das beste Schiff auf dem Blutmeer, und du hast alles gegeben, was am Ruder möglich war.«

Selbst in seinem augenblicklichen Zustand weiß er, wie ich mich fühle, dachte Maque voller Liebe.

»Es ist nur so, daß die *Perechon* nicht mehr lange unser Schiff sein wird«, fuhr Melas fort. Seine Stimme sank zu einem Flüstern herab. Erneut wich er dem Blick seiner Tochter aus.

Maque spürte, wie ihr Magen sich verkrampfte. »Was?«

»Averon und ich waren uns so sicher; wir waren davon überzeugt, daß wir das Rennen gewinnen würden. Deshalb haben wir alles gesetzt, was wir hatten – nein, mehr, als wir hatten. Du weißt, wie wenig Geld noch da war. Und es war so lange her, seit ich die Mannschaft das letzte Mal bezahlt hatte.« Melas' Worte überschlugen sich fast, so schnell redete er. »Der Minotauren-Wettmeister in Lacynos wollte keinen unterschriebenen Wettschein von uns annehmen. Für den Fall, daß wir verlören, verlangte er mehr als unsere Namen auf einem Stück Papier. Aber wir wußten, daß wir nicht verlieren würden. Wir *konnten* nicht verlieren. Und dann, Maquesta, mit dem Preisgeld und unserem Gewinn ...« Eine Spur der Erregung, die diese Aussicht seinerzeit bei ihm erzeugt hatte, mischte sich noch jetzt in Melas' Stimme. »Mit unserem Gewinn hätten wir uns um das Geld lange Zeit keine Sorgen mehr machen müssen«, endete Melas. »Nur wollte der Wettmeister nicht nur auf unser Wort vertrauen. Also haben wir die *Perechon* als Einsatz geboten.«

»Averon hätte das Schiff nicht bieten dürfen«, flüsterte Maque erstickt.

»Maquesta, du kannst Averon nicht die Schuld geben. Ich habe es getan. Ich wollte es tun. Ich wußte einfach ...« Jetzt schüttelte Melas überwältigt den Kopf. »Averon geht es schrecklich, einfach schrecklich.«

»Wo ist er?« Maque riß sich aus einer düsteren Gedankenfolge, welche auf den unausweichlichen Schluß zuführte, daß sie die einzige Heimat verlieren würde, die sie je gekannt hatte. »Warum ist er nicht hier bei dir?«

»Ich habe ihn weggeschickt. Ich wollte niemanden hierhaben. Ich mußte – ich *muß* ein paar Dinge für mich selber klären«, erwiderte Melas zögernd. Sein Kinn sank ihm auf die Brust.

Maque schlang die Arme um ihren Vater, obwohl sie seinen gewaltigen Leib nicht ganz umfangen konnten, und legte ihren Kopf an seine Brust. Melas strich über die widerspenstigen Locken seiner Tochter. So vereint fanden Vater und Tochter für kurze Zeit Trost.

Sie blieb bei ihm, bis sie ihn zum Schlafen überreden konnte. »Morgen denken wir uns etwas aus. Keine Sorge. Irgendwie werden sich die Dinge schon regeln lassen ... Das ist doch immer so.« Dann machte Maquesta leise die Tür zu Melas' Kabine hinter sich zu und stand plötzlich Auge in Auge mit Averon. Der Erste Maat langte an ihr vorbei zum Türgriff.

»Geh nicht hinein. Ich habe ihn endlich in seine Koje bekommen. Ich glaube, er schläft.« Maques Augen ruhten fest auf Averon, der ihren Blick mied, so gut er konnte. Er trat von einem Fuß auf den anderen und wich dabei zurück. Als Maque ihn ansah, wurde ihr erst richtig bewußt, welch Katastrophe ihnen bevorstand.

»Averon, wie konntet ihr nur die *Perechon* als Sicherheit für diese Wette benutzen? Wie konntest du meinen Vater nur dazu überreden? Er ist dein bester Freund. Und jetzt hat er alles verloren.«

»Ach, Mädchen, es war doch der perfekte Plan«, erwiderte Averon lahm, während er weiter von ihr abrückte.

Der alte Ärger über die Sache mit ihrem Unterhemd und die Trauer über den Verlust der *Perechon* wallten gemeinsam in Maquesta auf. »So lohnst du es Melas also, daß er dein Freund war, daß er immer Platz und Arbeit für dich hatte, an die du zurückkehren konntest, wenn du wochenlang herumgestreunt warst – indem du ihn in einen deiner schlecht bedachten Pläne lockst? Und nun wird bald keiner mehr von uns auf diesem Schiff seinen Platz haben. Wir sitzen in dieser Minotaurenstadt fest!« fauchte sie ihn an, während sie ihm unbarmherzig folgte.

Averon blieb unvermittelt stehen, richtete sich auf und reckte das Kinn vor. Maques Worte schienen ihn getroffen zu haben. »Ich habe über die Jahre hinweg eine ganze Menge für Melas und dieses Schiff getan, für das mir niemand je gedankt hat. Ich bleibe doch nicht hier stehen und lasse mir von dir eine Standpauke halten!« Er machte auf dem Absatz kehrt und marschierte davon.

Immer noch vor Wut schäumend, stapfte Maquesta zu ihrer Kabine, die neben der von Melas lag. Als sie drin war, lief sie auf und ab, um sich zu beruhigen, jedoch ohne großen Erfolg. Dann zog sie ein Buch heraus, zündete eine Laterne an und setzte sich an ihren Lesetisch. Schon wenige Minuten später unterbrach das Klingeln einer Glocke, die von der Decke hing, ihre Lektüre. Maque schaute zu der Glocke auf, seufzte und stand auf. Das immer noch läutende Messingglöckchen riß sich auf einmal von der Feder los, die es hielt, und fiel Maquesta genau auf den Kopf. Maque bückte sich, hob die Glocke auf und warf sie mit aller Kraft in die Ecke. »Lendle!« Sie spie den Namen des Gnoms wütend aus und ließ ihm einen Strom gedämpfter Flüche folgen, die nur eine junge Frau, welche im Umkreis von Häfen aufgewachsen war, kennen konnte. Dann stürzte sie zur Tür und nahm ihre schlechte Laune mit.

Fritzen Dorgaard lag auf dem Rücken auf dem Feldbett, das Lendle in der Waffenkammer aufgestellt hatte, welche gelegentlich als Krankenstube benutzt wurde, weil sie gleich neben der Kombüse lag, wo der Gnom seine Heilmittel zusammenbraute. Maque beugte sich über den angeschlagenen Seemann. Fritzens grüne Augen waren weit aufgerissen, aber matt.

Melas hatte gesagt, daß Fritzen zur Hälfte Wasseroger war, und Lendle bestand darauf, daß seine sonnengebräunte Haut einen Grünstich haben müßte. Statt dessen aber schien die Haut des Ersten Maats alle Farbe verloren zu haben.

»Komische Kombination, Wasseroger und Mensch«, sagte Maquesta. Dann preßte sie ihre Lippen fest aufeinander. »Nun, ich sollte mit dir reden.«

Sie legte ihre Hand auf Fritzens Stirn, die sich kalt und klamm anfühlte. Die Haut um seine Gesichtsverletzung war geschwollen und spannte um die Stiche, mit denen Lendle gerade die Wunde zusammengenäht hatte.

»SehrübelsehrübelichbraucheschnellstensSchwatzwurz«, fing Lendle im üblichen Gnomentempo an, »sonstschaffteres nichtnurwennichschnellstensSchwatzwurzbekomme.«

»Langsam, langsam. Deine dämliche Läuteglocke ist heruntergefallen, und zwar mir auf den Kopf. Es ist spät. Ich bin müde. Mit anderen Worten, ich bin nicht in der Verfassung, mit deinem rekordverdächtigen Sprechtempo mitzuhalten«, brummte Maquesta.

Lendle verzog das Gesicht, um zu zeigen, daß er diese Worte seines Lieblingsmitglieds der Mannschaft mißbilligte. Mit einer Kopfbewegung wies er auf Fritzen. »Ein einfaches ›Bitte etwas langsamer‹ hätte gereicht, Maquesta Kar-Thon. Ich bin ebenfalls müde und lasse mir nicht gern eine Standpauke halten. Ich habe mich gerade drei Stunden um unseren Gast gekümmert.«

Maque lief rot an. Jetzt hatte man ihr schon zum zweiten Mal vorgehalten, daß sie Standpauken hielt – was für Kapitäne nichts Ungewöhnliches war, und schließlich würde sie eines Tages einer sein. Jedenfalls hatte sie das bis zu der Überraschung dieses Abends immer gedacht. »Tut mir leid. Wie geht es Fritz? Und wozu brauchst du mich? Ich bin doch keine Heilerin.«

»Sein Zustand ist sehr bedenklich. Siehst du diese Wunde hier an seinem rechten Unterarm?«

Lendle ergriff das Handgelenk des Halbogers und drehte den Arm nach außen, damit Maque die weiche Innenseite sehen konnte, wo ein gut fünfzehn Zentimeter langer, ausgefranster, tiefer Riß aufklaffte und einen grünlichen Schleim absonderte. Maque verzog das Gesicht.

»Vielleicht hatte eine von den Hexen Gift an den Klauen und hat ihn erwischt, bevor die Hippocampi ihn retten konnten«, erläuterte Lendle. »Oder es war etwas anderes. Jedenfalls muß ich ihn wecken und danach fragen, bevor ich die Wunde behandeln kann. Eine Meerhexenverletzung erfordert besondere Behandlung. Leider scheint er immer tiefer in seinen Schock zu sinken. Er hat eine Menge durchgemacht, und es könnte sein, daß er nicht überlebt. Schwatzwurz könnte ihm helfen, aber ich habe keins. Ich möchte, daß du nach Lacynos gehst und welches kaufst. Ich habe noch ein paar Kupfermünzen und eine Handvoll Stahlmünzen. Das sollte mehr als ausreichend sein. Ich habe zuviel Zeit auf den Mann verwendet, um ihn jetzt sterben zu sehen.«

»Kann das nicht bis morgen warten? Ich würde gern etwas schlafen, und der Gedanke, bei Nacht durch die Straßen von Lacynos zu laufen, wenn sich alles dort einen Rausch antrinkt, reizt mich nicht besonders.«

»Gut, aber dann geh, sobald es hell wird. Und nimm jemanden mit, Maquesta. Ich würde selbst gehen, aber ich denke, ich sollte hier bei Fritzen Dorgaard bleiben.«

Maque nickte. Plötzlich war sie von Müdigkeit überwältigt. Sie machte sich auf den Weg zu ihrer Kabine, warf sich auf ihre Koje und schlief augenblicklich ein.

Am nächsten Morgen bahnte sich Maquesta ihren Weg durch die Straßen von Lacynos. Sie versuchte, auf halbwegs trockenem Boden zu bleiben und gleichzeitig den gelegentlich auftauchenden, betrunkenen Minotauren auszuweichen, die vorbeitaumelten. Selbst zu dieser frühen Stunde war es heiß, feucht und drückend, wie das Klima in diesem Teil von Krynn eben immer war – einer der Gründe, warum die Straßen von einem Regenguß zum nächsten nie ganz austrockneten.

Hvel folgte Maque im leichten Laufschritt, um mit ihrem ordentlichen Tempo mitzuhalten. Der Matrose war nicht viel älter als Maque, aber einen ganzen Kopf kleiner und behäbig. Nichstdestotrotz konnte er sich schnell bewegen und war ein flinker Kämpfer, denn er wußte, wie er sein Gewicht und seine Größe bestmöglich ausnutzen konnte. Das hatte Maque im Kopf gehabt, als sie ihn gebeten hatte, sie zu begleiten – das und die Tatsache, daß er einer der wenigen aus der Mannschaft war, die sich bereits regten und nüchtern waren, als sie aufbrechen wollte. Wenn er so wachsam war wie jetzt, war er auch ein wortkarger Mann, was bestens zu Maques gegenwärtiger Stimmung paßte. Sie hatte ein persönliches Anliegen, das sie in Angriff nehmen wollte, sobald sie die Schwatzwurz hatte. Hvel würde nicht viele Fragen stellen, wenn sie vorschlug, daß sie sich trennen und an der Werft wieder treffen sollten.

Fast jede Straßenecke in Lacynos hatte eine eigene Taverne oder ein Gasthaus. Und jede einzelne dieser Lokalitäten, an denen sie vorbeikamen, hatte geöffnet und war voll. In diesem Hafen gab es keine Sperrstunde. Nur wenige Schritte vor sich entdeckte Maque das Schild, nach dem sie gesucht hatte: »Zum Buchtblick«. Lendle hatte ihr den Weg beschrieben und gesagt, der Wirt, ein Mensch mit dem Namen Renson, würde auch Medizin und magische Kräuter verkaufen.

Nachdem sie über die Schwelle getreten waren, blieben Maque und Hvel stehen, damit sich ihre Augen an das schummrige Licht in der Taverne anpassen konnten. Nur in einem der sechs Kerzenhalter an der Wand steckte eine brennende Kerze. Das morgendliche Dämmerlicht, das durch die Vordertür und zwei kleine Fenster an der Rückseite fiel, bot der Kerze auch keine große Unterstützung. Maque suchte die Gaststube mit den Augen rasch nach ihrem Besitzer ab. Ganz hinten entdeckte sie eine Holzleiter, die wie in den meisten Minotaurenhäusern die Treppe ersetzte. Diese hier führte vermutlich zu den Gastzimmern. Im Gegensatz zu den anderen Minotaurenkneipen, die nur Mahlzeiten und Getränke servierten, bot der »Buchtblick« auch Unterbringung an. Nach dem zu urteilen, was Maque sehen konnte, waren die meisten Gäste jedoch an ihren Tischen eingeschlafen und ließen für ein Bett keine Münze springen. Nur drei gut bewaffnete Menschenmatrosen – höchstwahrscheinlich Freibeuter, dachte Maque – waren noch wach und am Trinken.

Maquesta sah keine Spur von dem Besitzer, aber Schnarchgeräusche lockten sie an eine grobe Holztheke in der hinteren Ecke der Wirtsstube. Von dort aus konnte man sowohl die Eingangstür als auch die Holzstiege überblicken. Als sie und Hvel auf die Theke zugingen, wurde nicht nur das Schnarchen lauter, sondern auch der würzige Duft kräftiger, der die schale Luft im Raum durchzog. Aus kleinen Töpfen, die im Umkreis der Theke aufgestellt worden waren, stieg Rauch auf. Maque atmete tief durch und beugte sich beim Gehen vor, bis sie mit der Nase gegen eine glatte, harte Oberfläche stieß. Gleichzeitig schlug sie sich auch den Zeh an. Fluchend taumelte sie zurück, und nur Hvels stützende Hand rettete sie davor, auf dem Hosenboden zu landen. Die Piraten hinter ihr brachen in dreistes Hohngelächter aus.

»Wa– was ist denn hier los?« Vorsichtig betastete Maque ihre schmerzende Nase, um zu prüfen, ob sie gebrochen war. Nein, nur angestoßen, befand sie. Sie war eindeutig gegen etwas gerannt. Aber vor sich sah sie überhaupt nichts.

Das Schnarchen hinter der Theke brach ab und wurde durch ein heiseres Gebrüll ersetzt. »Wer von euch diebischem Gesindel hat versucht, sich umsonst zu bedienen, während ich mal kurz eine Mütze Schlaf nehme? Das lasse ich mir nicht gefallen! Ich habe anständige Preise. Ich habe noch niemanden betrogen, und niemand hat mich je betrogen!«

Mit einer Axt in der einen Hand und einem Schwert mit Sägezähnen in der anderen richtete sich der Sprecher – oder Brüller – dieser abschreckenden Warnungen hinter der Theke auf. Ein paar verirrte Haare ragten von seinem ansonsten kahlen Haupt senkrecht nach oben. Ein Auge funkelte Maquesta unter einer buschigen Augenbraue hervor an. Wo das andere Auge hätte sitzen sollen, klaffte ein dunkles Loch.

»Ich versichere dir, wir wollten gewiß nichts stehlen«, meldete sich Maque zu Wort, ohne auf das betrunkene Gelächter der Piraten zu achten. »Ich bin Maquesta Kar-Thon, und das hier ist Hvel Gamon, von der *Perechon*. Wir sind gekommen, um Schwatzwurz bei dir zu kaufen.«

Die Erwähnung eines Geschäfts beruhigte Renson – als welcher der Mann hinter der Theke sich nun vorstellte – augenblicklich. Mit seinem heilen Auge musterte er die Neuankömmlinge eindringlich, offenbar um sie besser einschätzen zu können. Dann schließlich blies der Wirt das würzige Gebräu aus, das in den kleinen Töpfen rauchte, und winkte Maque und Hvel zu sich heran.

Beide zögerten. Maque streckte ihre Arme nach vorn zur Theke. Nichts. Sie ging langsam vor, wiederholte dabei aber ihre Armbewegung. Hvel folgte ihr vorsichtig.

Renson lachte scheppernd. »Keine Sorge, keine Sorge. Bloß eine kleine Illusion, die ich mit ein paar meiner Kräuter erschaffe – eine unsichtbare Rauchwand. Hält Leute mit gierigen Händen und großem Durst davon ab, sich selbst zu bedienen. Jetzt sind die Kräuter aus, seht ihr. Euch passiert nichts. Ich mache sie wieder an, wenn wir fertig sind. Man kann niemandem trauen.« Renson deutete mit dem Kopf auf die Piraten, die wieder zu trinken begonnen hatten. »Sonst bekäme ich nie ein Auge zu.«

Als Maque die Ellbogen auf die Theke aufstützte, sah sie, daß hinter dem Tresen eine schmale Pritsche aufgestellt war, auf der eine schmutzige Decke lag. Renson hatte seine Axt in einem leicht erreichbaren Kämmerchen deponiert und steckte sein Schwert in den Gürtel, damit er die Hände frei hatte, um sich einen zerlumpten grauen Fetzen über die leere Augenhöhle zu binden. »Also, was wolltet ihr gleich noch mal kaufen?« fragte er, nachdem er die Augenbinde befestigt hatte. Er rieb sich die Hände und sah plötzlich wie ein schmieriger Kaufmann aus.

»Schwatzwurz, ungefähr eine Viertelunze.«

Rensons Miene wurde etwas säuerlich, denn Maques Wunsch versprach nicht gerade ein großes Geschäft. »Ich muß im Lager nachsehen. Wahrscheinlich kann ich euch helfen.« Damit hob Renson eine Falltür an, die in den engen Raum hinter der Theke eingelassen war, und verschwand darunter.

Maque merkte, wie Hvel, der mit dem Rücken zu ihr und mit dem Gesicht zu den Piraten stand, sich anspannte. Sie drehte sich um. Einer der drei, ein großer, muskulöser Rotschopf, kam auf sie zu, die drei leeren Bierkrüge in der Hand. Maque beobachtete ihn. Er bewegte sich sicher, obwohl er offensichtlich schon eine Weile getrunken hatte. Nur seine Augenlider, die schwer herabhingen, verrieten die Biermengen, die er schon heruntergekippt haben mußte. Maquesta schaute Hvel an, der kaum wahrnehmbar nickte. Beide wußten, daß man mit einem betrunkenen Seemann in einem so rauhen Hafen wir Lacynos vorsichtig umspringen mußte.

Der Rotschopf setzte seine Krüge zum Nachfüllen auf der Theke ab und schaute Maque mit Wohlgefallen an. »Seid gegrüßt und guten Morgen. Ich bin Fletch. Ich und meine Kameraden segeln mit der *Blutfalke.* Vielleicht habt ihr schon von ihr gehört?«

Maque nickte. Ein Freibeuterschiff, das für seine Schnelligkeit und Ruchlosigkeit bekannt war.

Fletch schwankte leicht und grinste sie an. »Warum lädst du nicht deinen kleinen, dicken Freund hier ab und gesellst dich zu uns? Ich verspreche, wir werden es nett miteinander haben.« Er zwinkerte ihr zu und schlug mit einem der Krüge auf die Theke. »Was hältst du davon?«

Maque sah zum Tisch, wo die beiden sitzenden Piraten sie lüstern anstarrten. Sie lächelte Fletch freundlich an. »Ich bin sicher, ihr würdet euer Bestes geben, aber ich bin nicht so für Ringkämpfe. Außerdem ist mein kleiner Freund hier schrecklich krank. Ich kaufe gerade Medizin für ihn und muß ihn zum Schiff zurückbringen, bevor er zusammenbricht. Ich hoffe, es ist nichts Ansteckendes.«

Hvel, der abgesehen von zwei blutunterlaufenen Augen bei ausgezeichneter Gesundheit war, stand gelassen neben Maquesta. Fletch starrte ihn argwöhnisch an.

»Geh nicht zu dicht ran«, warnte Maque und trat zwischen

Fletch und ihren Begleiter. »Es wäre mir furchtbar unangenehm, wenn du die Krankheit auch bekommen würdest. Deshalb muß ich deine Einladung ausschlagen, tut mir wirklich sehr leid. Vielleicht ein andermal.« Immer noch lächelte sie den Piraten an.

Fletch, der zu betrunken war, um zu merken, daß man ihn beleidigte und belog, trat einen Schritt zurück. »Wirt! Mehr Bier!« schrie er in Richtung der Falltür. Nach ein paar Minuten, während derer er ganz in die Betrachtung der leeren Krüge versank, schien der Pirat seinen ersten Gesprächsansatz vergessen zu haben. Er ging zu einem anderen Thema über. »Ihr seid von der *Perechon*, hast du gesagt?«

Maque nickte wieder, immer noch lächelnd.

»Jemand auf eurem Schiff muß glücklich sein, *sehr* glücklich …« Er machte eine Pause, um seine Worte wirken zu lassen. »Und reich.« Er zwinkerte Maquesta zu.

Was redet dieser Trottel da, fragte sich Maquesta. Da sie weder gegenüber dem betrunkenen Seemann noch gegenüber Hvel, der wie der Rest der Mannschaft noch keine Ahnung von Melas' fehlgeschlagener Wettstrategie hatte, zu viel Neugier an den Tag legen wollte, war sie bei ihrer Antwort auf der Hut. »Niemand ist glücklich. Wir haben verloren.« Maque hielt inne, um Luft zu holen, weil es ihr schwerfiel, diese Worte auszusprechen. »Wir haben das Rennen verloren.«

»Ja.« Fletch hielt einen Finger hoch und bewegte ihn hin und her. »Zu schade, daß du nicht mit der *Blutfalke* gesegelt bist. Wir verlieren nie, wenn wir uns einmal für etwas entschieden haben. Also, einmal, vor zwei Jahren …«

Maque, die unbedingt mehr über das Hafenrennen hören wollte, lenkte Fletch zu dem ersten Thema zurück. »Ja, davon habe ich gehört. Bemerkenswert. Und es war jemand aus der Mannschaft der *Blutfalke*, der über den Ausgang des gestrigen Rennens erfreut war?« fragte sie unschuldig.

»Nicht von der *Blutfalke*, von der *Pere … Perek …*« Fletch gab es auf. »Von eurem Schiff. Ich habe es beim Wettmeister, drüben beim ›Brecher‹, gehört. Da bekommt man jedenfalls etwas zu trinken«, sagte er laut und sah sich suchend nach Renson um. Maque zupfte ihn am Ärmel. Fletch starrte sie verständnislos an.

»Von der *Perechon?*« gab sie das Stichwort.

Fletch runzelte die Stirn, dann sprang er endlich darauf an. »Genau. Einer aus der Mannschaft hat auf das Siegerschiff gesetzt und kam zum ›Brecher‹, um seinen Gewinn abzuholen. Kleiner Kerl. Krumme Beine. Sehr glücklich. Und reich.«

Mit neuem Interesse musterte er Hvel, der nach Maques aus der Luft gegriffenen Krankendiagnose ein Stück abgerückt war und deshalb nicht viel von der Unterhaltung mitbekommen hatte. »Sind auf der *Perechon* alle so klein?« fragte Fletch.

Maque, die durch die Beschreibung des Gewinners beunruhigt war, weil sie auf jemanden hindeutete, der Averon sehr ähnlich sah, brachte keine Antwort heraus. Erleichtert sah sie, wie Rensons Kopf aus dem Keller auftauchte.

Fletch wandte seine Aufmerksamkeit sofort von ihr ab. »Wirt!« bellte er.

Maquesta schloß sich Hvel an, der jetzt am anderen Ende der Theke stand. Dort warteten sie, bis Renson die Piraten bedient hatte, um ihnen dann die Schwatzwurz zu verkaufen.

»Dieser Seemann war deutlich betrunkener als er aussah«, stellte Hvel fest. »Was sollte das alles, einer von uns hätte gegen die *Perechon* gesetzt? Habe ich das richtig gehört? Und dann hat er mich als klein bezeichnet?«

Maque riß sich mit aller Kraft zusammen. »Sein Verstand war vom Bier so benebelt, daß er nicht mehr wußte, was er redete. In den fünf Minuten, die wir uns unterhalten haben, hat sich die Geschichte bestimmt zehnmal verändert.«

Hvel lachte in sich hinein und begutachtete wieder einen Teller mit Kuchenstücken auf einem der Regalbretter hinter der Theke. »Klein. Pfff!«

»Hier ist eure Schwatzwurz.« Renson legte die in Papier eingewickelten Kräuter auf die Theke. »Das macht zwölf Stahlmünzen.«

»Zwölf!« Maque reagierte empört und eröffnete damit das Ritual des Handelns. Jahrelange Übung im Feilschen auf der *Perechon* hatte aus Maquesta eine sehr geschickte Händlerin gemacht. Diesmal allerdings war Maque nicht ganz bei der Sache, weil sie an die Dinge dachte, die sie gerade erfahren hatte. Sie feilschte aus Gewohnheit und war nicht in bester Form. Immerhin erreichte sie, daß Renson seinen ursprünglich geforderten Preis deutlich senkte.

»Und wieviel kostet eines von diesen altbackenen Teilchen da hinten?« fragte Maque zum Schluß. Hvel strahlte. Nach einer weiteren Minute des Feilschens hielt er eins der klebrigen Kuchenstücke in den Händen. Maque zählte die Münzen ab, dann wandte sie sich zum Gehen. Aber nach ein paar Schritten blieb sie wieder stehen.

»Geh du schon vor, Hvel. Ich habe vergessen, Renson etwas zu fragen, was ich für Lendle über die Zubereitung der Schwatzwurz in Erfahrung bringen sollte. Da mußt du nicht die ganze Zeit daneben stehen. Wir treffen uns am Kai. Es dürfte höchstens eine Stunde dauern.«

Hvel, der mit seinem süßen Teilchen beschäftigt war, nickte und ging zur Tür hinaus. Sobald er außer Hörweite war, winkte Maque Fletch herbei.

»Kannst du mir sagen, wie ich zu dem Wettmeister im ›Brecher‹ komme?« Sie hatte ohnehin vorgehabt, den Mann zu finden, der jetzt Melas' Wettschein besaß. Sie wollte eine Abmachung aushandeln, die ihrem Vater erlauben würde, die *Perechon* zu behalten. Nach allem, was Fletch ihr inzwischen erzählt hatte, hatte sie einen weiteren Grund, den Wettmeister aufzusuchen, und das möglichst bald.

Nachdem sie sich die grobe Wegbeschreibung eingeprägt hatte, eilte sie zur Tür hinaus, und ihr Zorn und ihre Neugier wuchsen mit jedem Schritt. Einige Minuten später – nachdem sie sich ein paarmal verlaufen hatte – stand sie endlich vor dem »Brecher«.

»Es ist ein Wunder, daß überhaupt jemand hierherfindet, um seinen Einsatz zu machen«, murmelte Maque in sich hinein. »Es gibt nicht einmal ein Schild. Und es sieht verlassen aus.«

Sie stand vor einem schmalen, niedrigen Gebäude, das zwischen zwei anderen eingeklemmt war. Hinter ihr lag ein wahres Labyrinth von Straßen und Gassen. Die Farbe blätterte an den Fensterrahmen ab. Vor dem Haus wucherte das Unkraut, und aus einem einsamen Blumenkasten ragten tote Pflanzen heraus. Dennoch deutete der gut ausgetretene Weg, der zur Schwelle des Wettmeisters führte, darauf hin, daß das Haus gut besucht wurde. Zu dieser frühen Stunde jedoch schien Maque die einzige Kundin zu sein.

Nachdem sie eingetreten war, erblickte Maque eine Theke, welche die hintere Ecke diagonal abtrennte. Ansonsten sah der langgestreckte Raum weniger einer Taverne als vielmehr einem leeren Lagerraum ähnlich. Es gab weder Tische noch Stühle für die Gäste, nur zwei Wandtafeln, eine an jeder Seite. Maque vermutete, daß dort die Wettstände für die aktuellen Veranstaltungen eingetragen wurden. Außerdem war kein Wettmeister zu sehen.

»Hallo! Ist jemand da?«

Vorsichtig lief Maque über den gestampften Lehmboden. Nachdem sie trotz mehrmaligen Rufens keine Antwort erhalten hatte, hielt sie auf eine Tür in der Rückwand zu. Sie klopfte, und daraufhin wurde die Tür so schnell und gewaltsam von innen aufgerissen, daß Maquesta zurückspringen mußte, damit sie nicht vornüber stürzte.

Maque trat über eine erhöhte Schwelle in einen Raum, der nicht nur genauso lang war wie der erste, sondern auch genauso schmal. Er war von Minotauren gesäumt, die mit den

Stachelkeulen ausgerüstet waren, welche sie Tesstos nannten. Hinter einem massiven, mit einer schrägen Schieferplatte versehenen Schreibpult, das hoch genug war, um daran zu stehen und zu verhindern, daß jemand dahinterblickte, stand derjenige, den Maque für den Wettmeister hielt. In dem flackernden Licht, das von den zwei brennenden Fackeln an den Wänden stammte, schienen seine Hörner fast die Decke zu berühren. Gleichzeitig ragten sie so weit nach außen, daß sie fast die halbe Breite des Raums einnahmen.

Er war zweifellos ein gewaltiger Minotaurus, selbst wenn man von der optischen Täuschung absah, welche ihm in der schwachen Beleuchtung zusätzliche Größe verlieh. Er war mindestens zwei Meter vierzig groß und hatte ein tiefschwarzes Fell, dunkel wie Nuitari. Sein Kopf saß auf breiten Schultern, von denen lange, starke Arme ausgingen. Große, mit Ringen geschmückte Hände befingerten ein Messer, das auf dem Tisch lag. Maquesta starrte wie gebannt in seine ungewöhnlichen, hellblauen Augen, die fast den gleichen Farbton hatten wie die großen Saphire, welche in die dicke goldene Kette um seinen Hals eingearbeitet waren. Der Wettmeister trug eine graue Seidentunika, die nichts von seinem wohlausgebildeten Brustkorb verdeckte. Wie ein Schwerenöter sieht er jedenfalls nicht aus, dachte Maquesta.

Er blickte sie streng an, rümpfte die Nase und wandte seine Aufmerksamkeit wieder einer Pergamentrolle zu. Die Verachtung der Minotauren für sie war fast mit Händen zu greifen. Maque schluckte, straffte die Schultern und marschierte vor. Der Wettmeister selbst ignorierte sie, aber Maque spürte, wie die Augen der Wachen jeden Augenblick auf ihr ruhten. Als sie sich dem Schreibpult auf drei Schritt genähert hatte, trat eine der Wachen vor und versperrte Maquesta mit der Tessto den Weg. Der Wettmeister widmete sich weiter den Papieren auf seinem Tisch und würdigte die junge Frau keines Blickes. Jetzt, wo sie so nahe war, bemerkte Maque, daß das Fell des

Minotaurus hier und da einzelne dunkle, rotbraune Flecken aufwies. Ein solches Muster kam nur bei Minotauren vor, die weit über hundert waren. Maque musterte ihn mit noch größerer Neugier.

Die Minuten vergingen, und Maque begann, ungeduldig von einem Bein aufs andere zu treten. Der Wettmeister zeigte mit keiner Miene, daß er vorhatte, die Geschäfte auf seinem Tisch abzuschließen oder mit ihr zu reden. Maque wußte nicht, auf welche Höflichkeiten ein Minotaurus Wert legte, aber sie war sich bewußt, daß sie mit der Schwatzwurz für Fritzen bald zur *Perechon* zurückkehren mußte. Also ging sie das Risiko ein und begann zu sprechen. »Verzeihung. Ich suche den Wettmeister. Seid Ihr der?«

Endlich sah der Minotaurus von seinen Papieren auf. »Wer nicht den Mund aufmacht, wenn er mit mir Geschäfte machen will, ist für mich reine Zeitverschwendung. Was willst du?« Für einen Minotaurus beherrschte der Wettmeister die Gemeinsprache der Menschen ungewöhnlich fließend. Doch das jahrelange Profitdenken angesichts der Entscheidungen des Schicksals über Sieg und Niederlage hatte ihn noch arroganter gemacht, als es diese Rasse von Ungeheuern ohnehin schon war, und ließ jede Silbe kurz angebunden klingen.

»Ich bin Maquesta Kar-Thon, Tochter von Melas Kar-Thon, Kapitän der *Perechon*. Ich …«

Der Wettmeister schnitt ihr das Wort ab. »Dann hast du bei mir nichts verloren. Ich habe den Mann von der *Perechon* bezahlt, der auf Sieg gesetzt hat, und den Wettschein deines Vaters habe ich nicht mehr.«

»Aber bestimmt …«

Er widmete sich schnaubend wieder seinen Papieren.

Dieser Einfaltspinsel von der *Blutfalke* hatte die Wahrheit gesagt! Noch mehr als den Namen desjenigen, der jetzt Melas' Wettschein hielt, wollte Maquesta den Namen des Mannschaftsmitglieds wissen, das gegen die *Perechon* gewettet hatte. Allerdings bezweifelte sie, daß der Wettmeister ihr den einfach so verraten würde.

»Wer besitzt denn den Schein meines Vaters?« fragte sie, während sich ihre Gedanken überschlugen. »Averon hat mich hergeschickt. Wir wollen sehen, ob sein Gewinn ausreichen könnte, um die Wettschulden meines Vaters zu zahlen.«

»Ach?« Der Wettmeister ließ die Frage eine Weile im Raum stehen. »Ich hätte nicht gedacht, daß er so etwas vorhatte. Aber gleichgültig. Die Summe, die ich ihm ausgezahlt habe, könnte – so hoch sie auch war – die dumme Wette deines Vaters niemals ausgleichen. Zum Glück ist das nicht mehr meine Sorge. Du mußt deinen Fall Attat Es-Divaq vortragen. Der hat vor dem Rennen den Wettschein deines Vaters gekauft. Deshalb muß ich mir jetzt nicht mehr die Mühe machen, euer Schiff loszuwerden.«

Der Wettmeister blickte Maque kurz über seine Schnauze hinweg an. Seine Verachtung für Menschen war offenkundig. Er winkte einer Wache, dann begann er seine Papiere zusammenzuschieben.

Maquesta hatte den Namen des Minotauren, der jetzt den Wettschein ihres Vaters besaß, kaum registriert. Ihre Gedanken kreisten immer nur um den einen Namen – Averon! Ärger, Schmerz, Verwirrung und Enttäuschung drohten sie zu überwältigen. Maquesta hatte so heftig zu zittern begonnen, daß sie befürchtete, sie würde in diesem Raum voller höhnischer Fremder zusammenbrechen. Da stieß ihr jemand etwas Hartes in den Rücken, und das brachte sie in die Gegenwart zurück. Eine der Wachen schob sie mit der Tessto in Richtung Tür. Maquesta raffte jedes Quentchen Willenskraft zusammen, durchmaß den ganzen Raum und trat über die Schwelle. Sobald sie im vorderen Zimmer war, lehnte sie sich rücklings an eine Wand, damit die rauhen Ziegel sie stützten. Jetzt zitterte sie nicht mehr, aber sie fühlte sich völlig ausgelaugt.

Nach einigen Augenblicken begann sie wieder klar zu denken. Wenn *sie* sich nach der Nachricht von Averons Verrat schon so schrecklich fühlte, dann würde dies auf Melas eine geradezu vernichtende Wirkung haben. Nein, erkannte Maque, ihr Vater würde ihr niemals glauben. Er würde sich weigern, solche Worte über seinen besten Freund auch nur anzuhören. Sie brauchte einen Plan – nicht nur, um sich diesem fremden Minotaurenlord namens Attat zu nähern, sondern auch, um Averon so mit ihrem Wissen zu konfrontieren, daß er offen zugab, was er getan hatte. Nur dann würde Melas es glauben. Vielleicht konnten sie dann das Geld, das Averon gewonnen hatte, benutzen, um einen Teil von Melas' Wettschuld zu begleichen und Attat zu Verhandlungen zu bewegen.

Maquesta löste sich von der Wand und hastete aus dem Haus des Wettmeisters auf den Hafen zu. Ihr Herz klopfte im Takt ihrer eiligen Schritte.

Kapitel 4
Gefangen

»Zum Glück scheint Fritzen Dorgaards Wunde nicht von einer Meerhexe zu stammen. Er war benommen, aber er konnte mir immerhin erzählen, daß er mit dem Arm am Riff hängengeblieben ist, als er über Bord fiel. Ich habe ihm einen Umschlag gemacht, und es fängt schon an zu heilen.« Lendle zeigte Maquesta Fritzens Unterarm, dann ging er wieder dazu über, in einem Mörser eine Mischung übelriechender Kräuter zu zermahlen.

Maquesta betrachtete den verwundeten Halboger und fand, daß sie viel gemeinsam hatten – nicht nur ihre Abstammung von Eltern verschiedener Rassen. Fritzens Schiff war auf Felsen aufgelaufen. Maquestas Hoffnungen für die Zukunft waren genauso gnadenlos zerschlagen worden, und bald würde das Schiff ihres Vaters jemand anderem gehören. Fritz und sie – beide waren ziemlich heimatlos.

Obwohl der Halboger noch reglos und mit geschlossenen Augen auf dem Rücken lag, zuckten seine Lider schwach, und er schien ruhiger zu schlafen. In sein Gesicht war etwas Farbe zurückgekehrt, worauf der Gnom eilig hinwies. Zum Glück für alle, die auf der *Perechon* erkrankten, funktionierten Lendles medizinische Anwendungen immer besser als seine mechanischen Erfindungen.

»Hat er noch etwas gesagt, nachdem du ihm die Schwatzwurz verabreicht hattest?« Maque stellte diese Frage ohne große Anteilnahme, denn sie war in Gedanken bei ihrem Plan, wie sie Melas, Averon und den Minotaurenlord Attat zusammenführen sollte. Wenn sie es schlau einfädelte, war die *Perechon* vielleicht doch noch nicht verloren.

»Er schämt sich.« Lendle unterbrach seine Arbeit und sah Fritzen an. »Seine Scham ist eine Wunde, die kein Umschlag heilen kann. Er hatte seinem Kapitän geraten, nicht so dicht an die Felsen heranzufahren, aber seine Argumente waren nicht überzeugend genug. Und er hat nicht nur die *Torado* an die Meerhexen verloren, er konnte auch seinen Kapitän nicht retten. Zudem hat er sich am Ende an einem der Hippocampi festgehalten. Er verurteilt sich selbst, weil er das Schiff und die Mannschaft im Stich gelassen hat, um sich selbst zu retten. Ich weiß nicht, ob er je darüber hinwegkommen wird.«

Ja, dachte Maquesta, manche Wunden sind vielleicht zu tief, um jemals zu heilen. »Melas, Averon, ich und ein paar andere gehen heute noch einmal nach Lacynos. Brauchst du noch etwas anderes, um Fritzen zu versorgen?« fragte sie.

Lendle warf ihr einen scharfen Blick zu. »Was habt ihr in Lacynos zu schaffen? Dein Vater scheint nicht in der passenden Stimmung zu sein, Arbeit für die *Perechon* zu finden, damit er unsere Heuer bezahlen kann. Und mehr Biertrinken wäre, glaube ich, für niemanden von Vorteil.«

»Keine Sorge, Lendle. Wir müssen ein paar Dinge klären, Dinge, die vielleicht sogar in naher Zukunft zu einem Zahltag führen könnten.«

Maque schenkte Lendle ein schwaches Lächeln, das den Gnom nicht gerade beruhigte. Dann verließ sie die Waffenkammer, um den Landgang mit Melas abzustimmen. Mit schnellen Schritten lief sie auf seine Kabine zu. Sie war entschlossen, alles in Ordnung zu bringen.

»Vater?«

Maquesta stieß die Tür zur Kabine ihres Vaters auf. Melas war so tief in seine Verzweiflung versunken, daß er die Kabine seit dem Vorabend nicht mehr verlassen hatte. Jetzt saß er wieder an seinem Tisch. Averon hatte sich neben ihn auf einen

Hocker gesetzt. Was die zwei auch beredeten, sie brachen ihr Gespräch ab, als Maque den Raum betrat.

Diese hatte nicht damit gerechnet, daß der Erste Maat bei Melas sein würde. Es traf sie so unvorbereitet, daß sie befürchtete, ihr Schmerz und ihre Wut bei seinem Anblick würden deutlich in ihrem Gesicht zu lesen sein. Aber Averon, der seitlich zur Tür saß, sah sie nicht an. Er starrte an Melas' Kopf vorbei durch eine Pfortluke auf die See. Innerlich schäumte Maquesta noch immer vor Zorn über den besten Freund ihres Vaters – einen Mann, den auch sie bisher als engen Freund betrachtet hatte.

»Vater, ich habe herausgefunden, wer deinen Wettschein hat. Es ist nicht der Wettmeister. Es ist ein Minotaurenlord namens Attat Es-Divaq. Kennst du ihn?« Vielleicht, dachte Maque, war zwischen Melas und Attat einmal etwas vorgefallen, was für böses Blut gesorgt hatte, ohne daß sie davon wußte.

Melas schüttelte schweigend den Kopf.

»Ich finde, du, Averon und ich sollten zu ihm gehen, bevor er kommt, um seine Schulden einzutreiben. Wir sollten ihm anbieten, unsere Verpflichtungen abzuarbeiten. Das würde bedeuten, daß wir einem Minotaurus verpflichtet sind, aber wir könnten wenigstens die *Perechon* behalten. Und vielleicht springt dabei auch noch etwas Geld heraus, um die Mannschaft zu bezahlen.«

Es war nur logisch, daß Averon – als Melas engster Freund und Erster Maat – mitkommen sollte, und da sie den Vorschlag in Gegenwart der beiden machte, konnte sich Maque nicht vorstellen, wie er sich hätte herauswinden können. Sie war sicher, wenn sie es schaffte, gemeinsam mit Melas und Averon vor den Minotaurenlord zu treten, der den Wettschein ihres Vaters besaß, würde sie Averon dazu bringen können, sein doppeltes Spiel einzugestehen. Aber sie befürchtete, daß Averon versuchen würde, eine solche Situation zu vermeiden.

»Ja.« Der Plan schien Melas einzuleuchten. »Averon hat gerade dasselbe vorgeschlagen.«

Warum sollte Averon einen solchen Vorschlag machen? Konnte es sein, daß sie sich irrte? Die Art, wie die Dinge sich entwickelten, verwirrte Maque. Aber Averons gegenwärtigem Verhalten konnte sie nichts entnehmen. Seine Aufmerksamkeit galt ausschließlich der Pfortluke. Er wollte Maquesta nicht einmal ansehen.

Melas jedoch, von jeher Optimist und ein Mann, der das Tun dem Nichtstun vorzog, erwärmte sich allmählich für den Gedanken, Attat aufzusuchen. »Ja, packen wir den Stier bei den Hörnern, sozusagen. Wir haben gar keinen so schlechten Stand.« Melas sprach gleichermaßen zu sich selbst wie zu Maque und Averon. »Die *Perechon* ist eine Prise, wie es keine bessere gibt, aber mit der besten Mannschaft des Blutmeers ist sie eine noch viel wertvollere Prise. Ja!« Melas schlug mit der flachen Hand auf den Tisch, was sowohl Averon als auch Maquesta aus ihren Gedanken riß. Das Funkeln war in seine Augen zurückgekehrt, und er schüttelte schnell die Nachwirkungen des Besäufnisses vom Vorabend ab.

»Wir gehen gleich nach dem Essen«, fuhr er fort. »Stellt ein paar Männer zusammen, die uns begleiten sollen. Es ist am klügsten, wenn wir uns nicht allzu unterlegen in eine Minotaurenfestung wagen.«

»Ich denke, da hast du recht, Vater.«

Er erhob sich und nahm seine Tochter fest in die Arme. »Wir werden es schon schaffen, Maque.« Er ließ sie wieder los und klopfte Averon freundschaftlich auf den Rücken, dann drehte er sich um und ging zur Tür, die er mit großer Geste öffnete. Er streckte die Hand aus und winkte Maque als erste hinaus.

Als sie den Raum verließ, hörte sie ihren Vater zu Averon sagen: »Na, komm schon, ist das nicht genau das, was du von mir verlangt hast?« Die Antwort des Ersten Maats hörte sie nicht, obwohl Averon dicht hinter ihr war.

Die Mannschaft schien zwar dankbar zu sein, daß ihr Kapitän sich wieder zu ihr gesellte, doch konnte an diesem Tag nicht einmal Melas' Anwesenheit die Stimmung bei Tisch aufhellen. Ein paar Matrosen litten noch zu sehr unter den Nachwirkungen des Trinkgelages, um sich überhaupt zum Essen zu schleppen. Die anderen bekamen eine dünne Bohnensuppe vorgesetzt. Das war alles, was Lendle, der sich vor allem um die Pflege von Fritzen kümmerte, aus dem Ärmel hatte schütteln können. Das schlechte Abschneiden der *Perechon* hatte die ganze Mannschaft spürbar verunsichert.

Melas aß schnell auf, dann erhob er sich vom Tisch und erteilte beinahe mit der alten Energie und Autorität seine Befehle. »Averon, komm mit mir. Maquesta, du läßt schon mal das Beiboot herunter. Wir brechen bald auf.«

Maque hatte es persönlich übernommen, die Landgänger auszuwählen, denn sie wollte nicht das Risiko eingehen, dies Averon zu überlassen. Gleich nachdem sie vorhin die Kabine ihres Vaters verlassen hatte, hatte sie mit Hvel gesprochen. Dazu kamen vier andere, Canin, Magpie, Micah und Gorz. Alle sollten sich bewaffnen und auf Ärger gefaßt sein. Das allerdings war bei jedem Besuch in Lacynos ratsam, weshalb die Matrosen von Maquestas Anweisungen nicht überrascht waren. Maque war froh, daß Averon mit Melas verschwunden war. Sie hatte vor, ihre Warnung zu wiederholen, sobald sich die Seeleute am Beiboot versammelt hatten. Sie wollte, daß jeder auf der Hut war.

Nun stand Maque selbst auf und winkte den anderen zu, ihr zu folgen. Sie runzelte die Stirn, als sie Vartan bei Hvel stehen sah. Die beiden waren enge Freunde. Als Maque mit Hvel gesprochen hatte, hatte er vorgeschlagen, daß auch Vartan mitkommen könnte. Maque hatte diesen Vorschlag streng zurückgewiesen. Was sie anging, hatte der Steuermann seinen Nutzen für das Schiff noch nicht bewiesen – nur sein hübsches Gesicht zur Schau gestellt. Sie warf Hvel einen vernichtenden

Blick zu. Er zuckte hilflos mit den Schultern. Maque beschloß, darüber hinwegzusehen, daß nun auch Vartan mit von der Partie war; sie würde später mit Hvel darüber sprechen, sobald sie wieder zurück waren. Also würde jetzt ein halbes Dutzend Männer sie, Averon und Melas begleiten.

Die Fahrt von der *Perechon* zur Werft verlief ruhig. Die Mannschaftsmitglieder wußten immer noch nichts von Melas' Wette und der Gefahr, die *Perechon* zu verlieren. Maque hatte beschlossen, ihnen diese Information vorzuenthalten, bis die Begegnung in Attats Haus vorüber war. Die Matrosen glaubten, sie würden Melas zu einer Audienz bei einem Minotaurenlord begleiten, bei welcher der Kapitän vermutlich um einen Auftrag für die *Perechon* bitten wollte. Averons Haltung beunruhigte Maque noch immer. Sie konnte sie nur schwer einschätzen. Als das Boot sich der Werft näherte, stand sowohl Melas als auch Averon ihre wachsende Aufregung ins Gesicht geschrieben.

Nachdem das Beiboot am Ufer festgemacht hatte, führte Averon die Gruppe vom Pier und stürzte sich in die Straßen von Lacynos.

»Sollten wir nicht erst einmal nach dem Weg zu Attat fragen?« rief Maque von hinten.

»Keine Sorge, ich kenne den Weg«, rief Averon zurück. »Nur eine der vielen Gelegenheiten, bei denen ich dir zu Diensten sein kann, Maquesta.« Auf diese Bemerkung ließ Averon einen Scherz in Richtung Melas folgen, den Maque nicht hören konnte. Daß er so kühn auf seinem Status beharrte, der durch die enge Freundschaft gewachsen war, ärgerte Maque und stärkte ihre Entschlossenheit, ihn als Verräter zu entlarven.

Es stellte sich heraus, daß Attats Palast ein gutes Stück von der Küste entfernt war. Die Entfernung war um so größer, als es durch die verwinkelten Gassen von Lacynos keinen direkten Weg dorthin gab. Die große Mehrheit der Minotaurenhäuser ähnelte den Gebäuden, in denen Maque am Vortag gewesen war – baufällig, mit Holzleitern statt Treppen versehen, nie mehr als zwei Stockwerke hoch. Ein paar von den allerreichsten Adligen jedoch hatten besser ausgestattete Häuser. Maque hatte von dem Palast von Chot Es-Kalin gehört, dem selbsternannten Herrscher von Lacynos, der sich eine richtige Stadt in der Stadt hatte errichten lassen. Dennoch war sie auf so etwas wie Attats Palast nicht gefaßt.

Obwohl er noch innerhalb der Stadtmauern lag, war der Herrschaftssitz von einer eigenen, gewaltigen Steinmauer umschlossen, die Maques Schätzung nach mindestens sechs Meter hoch sein mußte. Zwei eindrucksvolle Minotaurenwachen mit ledernen Beinschienen und bronzenen Brustpanzern standen am Eingangstor und versperrten den Zugang. Jede von ihnen war mit einer Bardiche bewaffnet, einer langen Stangenwaffe mit einer geschwungenen, axtähnlichen Klinge am Ende, die in der Sonne grausam blitzte. Melas versuchte, den Wachen zu erklären, was sie wollten, aber die Minotauren beherrschten anscheinend die Gemeinsprache der Menschen nicht. Es stellte sich heraus, daß Vartan etwas Minotaurisch sprach und ihre Absichten verdeutlichen konnte. Er bedachte Maque mit einem ironischen Lächeln, als klar wurde, daß die Minotauren seine Worte verstanden. Die Wachen riefen einen zerlumpten Menschensklaven herbei, der auf ihre Anweisung hin davonlief und kurz darauf mit der Nachricht wiederkam, daß Melas und die anderen eintreten durften.

Melas ging über einen staubigen Hof voran. Bis auf ein paar weitere bewaffnete Wachen, die ähnlich gekleidet und ausgerüstet waren wie die am Tor, war der Hof leer. Maquesta fragte sich, ob es wohl noch mehr Wachen gab, die sie nicht sehen konnten. Vorsichtig bahnte sich die Gruppe ihren Weg zu einer riesigen Doppeltür aus Holz mit Intarsien aus gehämmertem Silber, dem bevorzugten Edelmetall der Minotauren. Maque staunte über die kunstvolle Verarbeitung der Türen, die überall auf Krynn zum Besten gezählt hätte. Während sie noch die Flügel musterte, schwangen diese auf gut geölten Angeln lautlos auf – noch ehe Melas überhaupt anklopfen konnte. Die Gruppe betrat eine kleine Empfangshalle, die in einen zweiten, von kunstvoll beschnitzten Holzsäulen gesäumten Raum mündete. Zwei weitere Wachen mit stählernen Brustpanzern traten beiseite, um ihnen den Zutritt zum großen Saal des Palastes zu gestatten.

Die Halle sollte sowohl beeindrucken als auch einschüchtern, und beides gelang ihr. Maque spürte, daß die anderen Mitglieder der Mannschaft, lauter erfahrene Abenteurer, ebenso ehrfürchtig staunten und zögerten wie sie selbst. Der Saal war dreimal so lang wie breit und erstreckte sich fast über die gleiche Länge wie die *Perechon*. Der obere Bereich lag im Schatten verborgen. Dicke Säulen aus poliertem Granit bildeten auf beiden Seiten des Raumes eine Reihe. Dahinter lagen düstere Alkoven, von denen einige zu anderen Teilen des Palastes führen mochten.

Am anderen Ende des Saales stand ein breites Podest mit kostbaren Teppichen, und darauf saß, in einem imposanten Lehnstuhl aus geschnitztem Holz, der Minotaurenlord. Er war von seinen Wachen umgeben, von denen einige schnaubten, als Melas und seine Begleiter näherkamen. Zwischen zwei kleinere Säulen hinter dem Stuhl war die goldene Schuppenhaut eines großen Flügelwesens gespannt, das Maque nicht kannte. Die Schuppen glänzten weich und warm in dem Licht, das durch eine Reihe von Fenstern hinter dem Podest in den Raum flutete. In Wandhalterungen befestigte Fackeln, die selbst jetzt, mitten am Tag, brannten, verstärkten das natürliche Licht. Die Fenster öffneten sich zu einem schön angelegten Garten hin, der voller Pflanzen, Statuen und bunter Vögel war.

Neben Attat, seinen Wachen und ein paar Sklaven enthielt der große Saal eine Menagerie phantastischer Kreaturen, die einzeln an die Säulen gekettet waren. Eine ganze Reihe davon waren Maque unbekannt, aber einige hatte sie schon manches Mal gesehen. Direkt gegenüber einem Greifen war ein Hippogreif angekettet – eine Kreuzung zwischen Adler und Pferd, der natürlichen Beute der Greifen. Diese Nähe führte zu ständiger Unruhe, was Attat offenbar amüsierte. Ein Eisbär mit auffallend weißem Pelz zerrte an seiner Kette und stieß dabei gelegentlich ein frustriertes Brummen aus. Ein mißgestalteter Goblin aus Gurik Cha'ahl hockte geifernd und vor sich hin murmelnd am Fuß einer Säule. Einem grüngetupften, froschähnlichen Wesen fielen fast die Augen heraus, und seine Zunge schnellte hervor, als die Neuankömmlinge an ihm vorbeigingen. »Ein Bullywug«, flüsterte Hvel neben Maque. »Fleischfresser.«

Maque erschauerte. Der Osquip, den sie und Lendle vor ein paar Tagen mit dem Minotaurus gesehen hatten, war zweifellos für diesen Ort bestimmt gewesen. Bestimmt wäre er an eine dieser Säulen gekettet worden, hätte sein Führer ihm nicht den Kopf abgeschlagen.

Der Lord behielt Melas und seine Gefolgschaft seit dem Betreten des Saals im Auge, fast als ob er abschätzte, inwiefern er sie seinem Privatzoo einverleiben konnte. Als Maque jetzt vor ihm stand, riß sie die Augen auf und holte erschrocken tief Luft. Dies war genau der Minotaurus, den sie und Lendle am Tag vor dem Rennen am Hafen gesehen hatten, derselbe, der mit dem Osquip kurzen Prozeß gemacht hatte! Sie waren an Lord Attat persönlich vorbeigelaufen, ohne zu wissen, daß er die *Perechon* damals bereits so fest in den Händen hielt wie die Kette zum Hals der unglückseligen Kreatur. Zusätzlich zu dem juwelenbesetzten Gürtel, den er vor einigen Tagen getragen hatte, hatte Attat jetzt silberne Gelenkbänder und einen mit großen Edelsteinen besetzten Kragen angelegt – mit jedem einzelnen Stein hätte man ein Schiff von der Größe der *Perechon* kaufen können.

»Wie gefallen euch meine Lieblinge?« Er sprach die Menschen in der Gemeinsprache an. Seine Stimme war tief, aber nicht so kehlig, wie Maque es von Minotauren gewöhnt war.

»Ich kann mir nicht vorstellen, daß sie besonders handzahm sind«, erwiderte Melas trocken. Er trat vor, die anderen blieben zurück.

Maquesta beobachtete ihren Vater und Attat ganz genau. Dieser Lord erwartete offensichtlich beträchtliche Ehrerbietung, doch es lag nicht in Melas' Natur, diese bereitwillig zu gewähren. Maque hoffte, ihr Vater würde sich im Griff behalten.

»Allerdings nicht, aber sie erfreuen mich auf andere Art. Und die Gäste in meinem Verlies scheinen immensen Gefallen an ihnen zu finden«, entgegnete Attat mit seidenweicher, gefährlicher Stimme.

»Ich bin Melas Kar-Thon und ...«

»Ich weiß, wer du bist, Mensch«, unterbrach ihn Attat. »Der berühmte Kapitän zur See, Herr über die ach-so-schnelle *Perechon.*« Er sagte das mit einem nahezu beleidigenden Unterton. »Ich habe dich erwartet.«

Melas wirkte überrascht.

»Ihr habt keinen Versuch unternommen, euren Marsch in mein bescheidenes Heim zu verbergen«, erklärte Attat. »Und ich bin in diesem Hafen nicht ohne Freunde, welche mich über die für mich interessanten Dinge informieren.« Er kniff die Augen zu Schlitzen zusammen und warf einen kurzen Blick auf Maquesta.

Speichellecker und Spione, meinst du. Einen Augenblick befürchtete Maque, sie hätte den Verstand verloren und diese Worte laut gesagt, so stark war ihr Gefühl, daß jemand sie gehört hatte. Aber nein. Das Ausbleiben jeglicher Reaktion von den Umstehenden verriet ihr, daß sie ihre Meinung über Attats »Freunde« für sich behalten hatte.

»Du hast mir einen Weg erspart, Melas Kar-Thon«, fuhr Attat fort. »Ich hatte geplant, die *Perechon* heute noch aufzusuchen, um meine Ansprüche auf mein Eigentum anzumelden.«

Maque sah, wie Vartan und Hvel, die direkt hinter Melas standen, verständnislose Blicke austauschten. Sie bedeutete ihnen, still zu sein. Die Nüstern des Minotaurus weiteten sich. Ihm schien das Spiel mit den Menschen zu gefallen. Maquestas Hoffnungen auf eine glückliche Lösung für die Frage des Verbleibs der *Perechon* begannen zu schwinden.

»Ich hoffe, ich kann Euch eines anderen überzeugen. Ich möchte Euch ein Geschäft vorschlagen«, erwiderte Melas.

»Wie interessant«, murmelte Attat. »So viele Vorschläge zu bedenken, so wenig Zeit.«

Melas, der darauf aus war, seinen Fall vorzutragen, überging diese Bemerkung und fuhr fort: »Meine Idee ist einfach und würde uns beiden nützen. Ich und meine Mannschaft, wir bleiben auf der *Perechon* und fahren, wohin Ihr uns schickt, bis wir Euch Dienste im Wert des Schiffes geleistet und es damit zurückgekauft haben.«

»Soll das bedeuten, daß du ohne Heuer arbeiten würdest?« fragte Attat sichtlich verblüfft.

»Das würde ich. Und vermutlich auch viele von den anderen. Es wäre nicht das erste Mal, daß wir ohne Heuer fahren. Für diejenigen Matrosen, die Bezahlung wünschen, könnten wir vielleicht einen niedrigeren Satz vereinbaren. Wir brauchen eine gewisse Summe für Reparaturen, Verpflegung und die Instandhaltung des Schiffes und vielleicht ein wenig Taschengeld für Landgänge«, sagte Melas. »Aber es wäre weit weniger kostspielig für Euch, als das Schiff mit einer voll bezahlten Mannschaft zu betreiben.«

»Hmm.« Attat überlegte, aber der Vorschlag schien sein Interesse erweckt zu haben. »Warum sollte ich überhaupt etwas für eine Mannschaft bezahlen, die dir gegenüber loyaler ist als mir?«

»Weil die *Perechon* zwar an sich eine gute Prise ist, ohne die beste Mannschaft auf dem Blutmeer aber viel von ihrem Wert verliert.«

Melas hatte die Hände an den Seiten geballt, während er auf Attats Entscheidung wartete. Maque bemerkte, daß die Sehnen an beiden Seiten seines Halses vor Spannung gestrafft waren. Sie hätte sich nicht sorgen müssen, ob Melas sich gut benahm. Bei diesem Treffen wurde die Zukunft seiner geliebten *Perechon* entschieden. Das wußte er, und darauf hatte er sein Verhalten abgestimmt.

»Zufällig habe ich sogar einen sofortigen Auftrag für die *Perechon* im Sinn.« Attats Bemerkung lenkte Maques Aufmerksamkeit wieder auf den Minotaurenlord.

»Überlege dir, ob du daran Interesse hast. Wie du gesehen hast, sammle ich exotische Tiere.« Attat wies mit der Hand auf die angeketteten Kreaturen. »Meine Sammlung umfaßt weit mehr Exemplare als die, welche du hier siehst. In meinen Gärten habe ich einen Zoo für sie gebaut.« Mit stolzgeschwellter Brust nickte Attat zu den Fenstern hinter dem Podest hin. »Doch es gibt ein Wesen, das meine Sammlung perfekt abrunden würde – ein Morkoth. Hast du davon schon gehört?«

Melas runzelte die Stirn, dachte einen Augenblick nach, dann schüttelte er den Kopf. Hvel, der sich anscheinend gut in der eher obskuren Tierwelt von Krynn auskannte, sprang ein. »Morkothen werden manchmal auch Todesalben der Tiefe genannt. Bösartige Kreaturen, gefährlich und sehr gewitzt. Soweit ich weiß, leben sie in Tunneln unter Wasser, und sie sind schwer zu finden – außer man weiß, wo man suchen muß. Manche behaupten, ein Morkoth sähe aus wie ein Mensch, aber mit Finnen und Kiemen am Körper und einem Kopf wie ein Tintenfisch mit einem todbringenden Schnabel. Andere meinen, er ähnele eher einem Fisch als einem Menschen, und vielleicht stecke auch ein Anteil Oktopus in ihm. Ich vermute, es gibt nur sehr wenige Überlebende, die eine genaue Beschreibung liefern könnten.« Hvel trat zurück, als hätte er ein

Gedicht rezitiert. Offenbar war er mit sich zufrieden, weil er diese Einzelheiten über einen Meeresbewohner wußte. Er zwinkerte Maquesta zu, doch die antwortete mit einer Grimasse.

»Das ist richtig, sehr gut«, sagte Attat leicht amüsiert. »Es gibt widersprüchliche Beschreibungen, und das ist ein Grund, weshalb diese Kreaturen meine Neugier geweckt haben. Ich will wissen, wie sie wirklich aussehen. Ich will einen Morkoth besitzen. Ich habe im Garten eine Grotte für ihn gebaut. Das Tier soll das Schmuckstück meines Zoos sein. Ich werde es mir untertan machen, und das wird endlich jedermann in Mithas lehren, daß ich diesem ungebildeten Wilden, Chot Es-Kalin, der es wagt, sich König von Nethosak zu nennen, überlegen bin«, rief Attat aus. Nethosak war der Name, den die Minotauren für Lacynos benutzten.

»Meine Kundschafter haben genug Geschichten und Gerüchte gesammelt, um den ungefähren Aufenthaltsort eines Morkoth in den Gewässern namens Endflucht zu lokalisieren, vor der Nordwestküste von Saifhum, in der Nähe einer Kolonie Kuo-Toas. Ich bin nicht an einem Kuo-Toa interessiert. Davon habe ich schon ein Pärchen.«

Jeder aus der Abordnung der *Perechon* wußte von dieser Rasse Fischmenschen, welche die Bewohner der Oberfläche haßten und gefürchtete Kämpfer waren. Mit Kuo-Toas wollten sie sich nicht anlegen.

»Ihr stellt uns eine sehr schwierige Aufgabe«, sagte Melas. »Allerdings begreife ich nicht ganz, weshalb ausgerechnet die *Perechon* sie erfüllen soll.«

»Nun, die *Perechon* brauche ich für diese Aufgabe nicht unbedingt, aber ich wünsche mir einen Morkoth«, fuhr Attat ihn an. »Mein Schiff, die *Katos,* ist natürlich erstklassig, aber offen gesagt nicht so schnell wie die *Perechon.* Ohne das kleine Pech, das ihr mit dem Wetter hattet, hätte sie das Rennen nie gewonnen.«

Maque schnappte nach Luft. Also war Attat der Besitzer der *Katos*! Im Zusammenhang mit dieser Verhandlung über Melas' Wettschein, den er im Besitz hatte, beunruhigte sie diese Nachricht zutiefst, obwohl sie nicht sicher war, aus welchem Grund.

»Zudem wäre natürlich eine Mannschaft aus angeheuerten Menschenmatrosen extrem viel billiger, als wenn ich meine eigene ausgezeichnete Mannschaft aus erstklassigen Minotauren zusammensuchen und ausbilden müßte. Darüber hinaus würde ich es hassen, Minotauren zu verlieren, falls die Reise unglücklich verlaufen sollte«, fuhr Attat fort. Seine Nüstern weiteten sich, was Maque mittlerweile als das einzig äußerliche Anzeichen für Attats Belustigung erkannte.

»Um ehrlich zu sein«, sagte Melas, »da die Kuo-Toa laut eurer Beschreibung in der Nähe leben, haben sie vielleicht eine Art Bündnis mit dem Morkoth. Wenn das der Fall ist und ein Morkoth gefangen werden soll, müßte man von vornherein von einem unglücklichen Verlauf der Reise ausgehen.«

Seine Bemerkung machte auf Attat keinen großen Eindruck.

»Selbst wenn wir an den Kuo-Toa vorbeikommen und den Morkoth fangen, wie bringen wir ihn dann hierher? Präziser gesagt, wie sollen wir ihn überhaupt fangen, da niemand von uns Kiemen hat und unter Wasser atmen kann?« fragte Melas weiter.

»Über diese Frage habe ich bereits nachgedacht. Wachen!« Attat klatschte scharf in die Hände. Zwei Minotaurenwachen marschierten zu der Wand mit den Fenstern hinter dem Podest. Sie zogen einen Vorhang beiseite und öffneten eine Doppelglastür. Wie auf Kommando traten zwei andere Wachen herein, die je einen Arm einer großgewachsenen Meerelfe grob umfaßt hielten. Sie hatte blaßblaue Haut, die silbrig glitzerte. Das knielange weiße Kleid, das sie trug, klebte an ihrem schlanken Körper, ein Zeichen dafür, daß sie gerade aus einem

Teich kam. Ihr langes blaues Haar hing ihr triefend naß bis zu den Hüften herunter, und Wasser tropfte auf den Boden. Mit smaragdfarbenen Augen blickte die Elfe sich wie gehetzt im Raum um, ohne Attat anzusehen. Ihre Schwimmflossenhände hatte man ihr vor dem Bauch gefesselt. Ihre Füße lagen in Ketten, so daß sie nur schlurfen konnte, als die Minotauren sie vorwärtsstießen. Die Elfe hielt den Kopf stolz erhoben und schaffte es, sowohl heftigen Zorn als auch tiefe Demütigung über die grobe Behandlung und die Ketten auszustrahlen.

»Gestatte mir, dir Tailonna vorzustellen«, sagte Attat spöttisch. »Einer von vielen Gästen, die in meinem bescheidenen Haus leben.« Der Minotaurus erhob sich und bedeutete den Wachen mit dem Kopf, seinen Gast zu ihm zu bringen. Dann setzte er sich schwerfällig und sah die Meerelfe an.

Tailonna, die man gleich rechts neben Attat gezerrt hatte, starrte geradeaus, ohne von dem Minotaurus oder seiner Vorstellung Notiz zu nehmen. Sie mied auch die Blicke von Melas und seiner Mannschaft. Die Würde dieses Wesens beeindruckte Maque.

»Tailonna stammt aus Küstengewässern nahe der Kuo-Toa-Kolonie«, fuhr Attat fort. »Meine Kundschafter hatten das Glück, sie während derselben Expedition zu … erwerben, auf der sie auch von dem Morkoth hörten. Unglücklicherweise müssen wir sie in einem besonderen Becken halten, weil sie sich in einen Otter verwandeln kann und eine Reihe anderer magischer Fähigkeiten besitzt. Wir müssen ihre Ketten mit einem besonderen Schließzauber verstärken, wenn wir sie herauslassen. Ich fürchte, sie weiß unsere Gastfreundschaft nicht besonders zu schätzen.«

Während Attats verächtlicher Rede behielt Tailonna ihre unbewegte Miene bei.

»Sie dürfte sich bei jedem Versuch, den Morkoth zu fangen, als sehr hilfreich erweisen«, fügte Attat hinzu. »Unter anderem weiß sie, wie man einen Trank des Wasseratmens braut, der es Menschen und anderen Land-Lebewesen gestattet, unter Wasser zu atmen.«

Warum sollte sie dir denn helfen? Maquesta erschrak über ihre eigene Kühnheit. Aber als Attat nicht reagierte, erkannte sie, daß sie diese Worte wieder nur gedacht, aber nicht laut gesagt hatte, obwohl sie erneut das starke Gefühl hatte, jemand hätte sie gehört.

Die Frage war naheliegend, so daß Melas sie einen Moment später – in höflicherer Form – selbst aussprach.

Attat zuckte mit den Schultern. »Ich finde, daß Tailonna mir inzwischen mehr Ärger als Freude macht. Wenn sie euch hilft, den Morkoth zu fangen, habe ich mit ihr vereinbart, sie freizulassen, sobald er sicher hier angekommen ist. Da ich weiß, wie ehrenhaft Elfen sind, glaube ich, daß ich ihr vertrauen kann, wenn sie mir ihr Wort gibt.«

Melas sah die gefangene Meerelfe fassungslos an. Nichts an seiner Verhandlung mit Attat bereitete ihm ein unbehaglicheres Gefühl als die Art, wie der Minotaurus seine Gefangene verspottete. Wieder ballte Melas die Fäuste. Jede Faser seines Körpers verriet seine Anspannung, stellte Maque mit Besorgnis fest.

Wieder klatschte Attat in die Hände, diesmal ohne ein Wort. Maque sah sich im Saal um, bis ihr Blick an einem Alkoven links vom Podest des Minotaurenlords hängenblieb. Ein schwerer roter Samtvorhang, der die geschwungene Öffnung des Alkovens verdeckte, wurde langsam von jemandem oder etwas, das dahinter gestanden hatte, zur Seite gezogen. Eine verhüllte Gestalt trat aus der dunklen Tiefe des Alkovens hervor. Sie hielt einen langen Stab in der Hand, der in einem gefährlichen Haken endete.

Maquesta starrte die Gestalt an, in der Überzeugung, sie schon einmal gesehen zu haben. Während sie noch überlegte, winkte Attat die Gestalt näher zu sich heran.

»Hier ist eine weitere nützliche Verstärkung für die Mannschaft der *Perechon* während der Morkothexpedition. Ilyatha, zieh deine Kapuze zurück!« befahl der Minotaurus.

Die Gestalt war unter dem Alkovenbogen stehengeblieben und weigerte sich, in die Haupthalle zu treten, welche durch die Sonne des späten Nachmittags, deren Strahlen durch die Fenster hinter dem Podest hereinfielen, hell erleuchtet war. Mit einer schmalen Klauenhand griff die Gestalt nach oben und stieß die Kapuze zurück. Die grünen Augen des Wesens blinzelten mehrfach, als würde das Licht sie schmerzen.

Maque hatte keine Ahnung, was für ein Wesen sie da vor sich hatte. Es erinnerte vage an einen Menschen, doch sein Kopf und Körper waren von kurzem glattem, schwarzem Fell bedeckt, und unter dem weiten Mantel trug es eine offenbar teure Brokattunika, die wegen ihrer hohen Seitenschlitze mehr einem Wappenrock ähnelte. Der Blick, mit dem es Melas, Maque und die anderen bedachte, ließ auf außergewöhnliche Intelligenz schließen und forderte augenblicklichen Respekt. Doch das Gesicht des Wesens sah aus wie eingedrückt, die Nase war platt wie die eines Faustkämpfers, und zusammen mit den scharfen Reißzähnen, die aus dem Unterkiefer über die Lippen herausragten, vermittelte dies den Eindruck einer Art Untier, vielleicht eines Menschenaffen. Maque sah Hvel an und hob fragend die Augenbrauen. Doch hier versagten sogar Hvels zoologische Kenntnisse.

Ich bin ein Schattenmensch.

Obwohl sie wußte, daß sie ihre Frage über die Natur dieses Wesens nicht laut ausgesprochen hatte, kam es Maquesta wieder so vor, als hätte man sie gehört – und ihr dieses Mal geantwortet. Auch Hvel hatte es vernommen. Er riß die Augen auf, und plötzlich wurde Maquesta klar, weshalb. Schattenmenschen gab es doch nur in Legenden, nicht in Wirklichkeit! Sie starrte das seltsame Wesen an.

Ich bin – zu meinem gegenwärtigen Leidwesen – tatsächlich aus Fleisch und Blut. In deiner Sprache kommt der Name

Ilyatha meinem wahren Namen am nächsten. Wie Tailonna bin auch ich ein Gefangener von Attat. Die Gründe für meine erzwungene Anwesenheit hier sind vielleicht subtiler als bei ihr, aber nicht weniger real.

Ilyatha sprach mit großer Traurigkeit. Doch Maque sah ihm gerade ins Gesicht, und sie konnte nicht die leiseste Bewegung seiner Lippen erkennen! Sie runzelte die Stirn und wollte den Mund aufmachen, um die Frage zu stellen, die ihr auf der Zunge lag.

»Ja, Ilyatha ist ein Telepath«, erklärte Attat. »Er kann nicht nur seine Gedanken übermitteln, ohne zu sprechen; es ist auch nutzlos, wenn ihr versucht, eure vor ihm zu verbergen. Ein mitunter ärgerliches Talent, aber eines, das für eure Aufgabe, die Kuo-Toas zu überlisten und den Morkoth herzubringen, von unschätzbarem Wert sein dürfte.«

Melas betrachtete den Schattenmenschen voller Mißtrauen. »Versteht er etwas vom Segeln?«

»Ja, allerdings«, sagte Attat grinsend. »Ilyatha hat eine besondere Neigung zum Reisen mit der Kraft des Windes. Während des Rennens hast du sogar eine entsprechende Demonstration miterlebt. Ilyatha, zeige dem ehrenwerten Kapitän, was ich meine.«

Mit offenkundigem Widerstreben zog der Schattenmensch eine lange, dünne, kunstvoll geschnitzte Flöte unter seinem Mantel hervor. Als er das Instrument an den Mund führte, bemerkte Maquesta fasziniert, daß seine Arme durch dünne Membranen mit seinen Körperteilen verbunden waren – wie bei Fledermausflügeln. Er begann, eine hohe, reine Melodie zu spielen, die mal lebhafter und mal sanfter wurde, sich wiederholte und eine Erinnerung in Maque wachrief. Als der Takt der Melodie immer schneller wurde, sah Maq, daß die Vorhänge hinter dem Podest sich bewegten und die Fackeln an den Wänden flackerten. Eine leichte Brise streifte ihr Haar, dann wurde Maque unvermittelt von einer kräftigen Windbö erfaßt, die sie aus dem Gleichgewicht brachte und gegen Vartan stolpern ließ, welcher sie am Arm festhielt und mit einem herablassenden Lächeln bedachte. Sie sah jedoch, daß er selbst die Beine weit gespreizt hatte, um dem plötzlichen Wind standzuhalten, der unerklärlicherweise im Saal aufgekommen war.

Dann erinnerte sich Maquesta, wann und wo sie diese Musik schon einmal gehört hatte – während des Rennens, als die *Katos* die *Perechon* schließlich überholt hatte. Ihre Faszination verwandelte sich in Wut auf Attat und Ilyatha. Diese beiden hatten sich verbündet und Magie benutzt, durch welche die *Perechon* verloren hatte! Sie sah zu ihrem Vater hinüber. Der Sturm, der sich in seinem Gesicht zusammenbraute, verriet ihr, daß ihm gerade dasselbe klargeworden war.

Der Wind riß einen Zierschild aus Metall ab, der über Attats Stuhl hing, ließ ihn über das teppichbelegte Podest rollen und mit einem lauten Scheppern auf dem Steinboden der Halle liegenbleiben.

»Das reicht!« brüllte Attat, sichtlich verärgert. Er schnippte mit den Fingern, worauf eine der Wachen losrannte, um den Schild aufzuheben.

Ilyatha nahm die Flöte von den Lippen. Der Wind erstarb augenblicklich.

»Du strapazierst meine Geduld, Ilyatha, und das ist nicht gut, wie du sehr genau weißt.« Er funkelte den Schattenmenschen an, der sich die Kapuze wieder über den Kopf zog und in den dunklen Alkoven zurücktrat.

»Was ist mit *meiner* Geduld?« wollte Melas wissen. Jedes seiner Worte war voller unverhohlener Wut. »Wie könnt Ihr von mir erwarten, daß ich diesen Auftrag annehme und zu Euren Gunsten mit der *Perechon* ausfahre, um sie mir zurückzuverdienen, nachdem Ihr so klar gezeigt habt, wie wenig man Euch vertrauen darf? Ihr habt Magie benutzt, um das Rennen zu gewinnen! Das ist gegen die Regeln! Ich werde mich beim Obersten Rat beschweren!«

Der Minotaurus warf den Kopf zurück und lachte so laut, daß seine tiefen Baßtöne von den Wänden zurückgeworfen wurden. »Komm schon, Melas. Sei doch nicht dumm. Ich würde es einfach abstreiten, ebenso wie jeder Matrose der *Katos*. Glaubst du wirklich, das höchste Regierungsorgan der Minotauren würde das Wort eines Menschen über das eines Adligen aus den eigenen Reihen stellen?« fragte Attat mit geweiteten Nüstern. »Oh, ich gehe davon aus, daß du für mich auf die Jagd nach dem Morkoth gehst. Du wirst es tun, weil es deine einzige Chance ist, deine geliebte *Perechon* zurückzubekommen, auch wenn es schwierig wird.«

Einen Augenblick starrte Melas den Minotaurus blind vor Wut an. Seine Schläfen pochten. Dann sackten seine Schultern herunter, und er senkte den Blick. Das gesamte Ausmaß von Attats Intrige überwältigte ihn. War es möglich, daß der Minotaurenlord all dies von Anfang an geplant hatte, um für seine Jagd einen Dummen zu finden?

»Ja, ich werde es tun«, sagte Melas. Seine Stimme war kaum mehr als ein Flüstern. »Wann erwartet Ihr, daß wir aufbrechen? Wir brauchen einen oder zwei Tage, um Proviant zu besorgen, und ...«

»Nein!« Der Einspruch kam von Averon, der während der ganzen Begegnung stumm neben Melas gestanden hatte. Averons Ausruf richtete sich nicht an Melas, sondern an Attat. »Wir hatten eine Abmachung! Ich habe Euch bezahlt! Ich sollte Kapitän auf der *Perechon* sein, wenn wir ausziehen, um den Morkoth zu fangen!« rief Averon und stürmte zum Podest vor.

Melas sah seinen Freund verwundert an. »Ihn bezahlt? Warum? Von welchem Geld? Was soll das heißen, du wolltest Kapitän auf der *Perechon* sein?«

»Ich wollte nur helfen«, sagte Averon, der sich mit weit aufgerissenen Augen zu Melas umdrehte. »Verstehst du nicht, ich wollte dir helfen, anstatt daß du immer mir hilfst. Ich wollte dir zeigen, daß ich die *Perechon* führen kann, und dir helfen, sie zurückzugewinnen!« Averon klang mit jeder Sekunde verzweifelter.

Melas starrte ihn ungläubig an.

»Dein Freund hier«, warf Attat sarkastisch ein, »ist der stolze Besitzer einer neuerdings gut gefüllten Börse infolge einer Wette, die er für das Rennen abgeschlossen hat – einer hohen Wette auf den Sieg der *Katos.*«

Das ganze Ausmaß von Averons Verrat war niederschmetternd, obwohl Maque gewußt hatte, daß es so kommen würde. Averon mußte gewußt haben, daß die *Perechon* nicht gewinnen konnte. Vielleicht hatte er die Niederlage sogar mit Attat zusammen eingefädelt. Maque schloß einen Moment die Augen. Sie schlug sie gerade rechtzeitig wieder auf, um zu sehen, wie Averon mit einem erstickten Protestschrei auf das Podest sprang, einen Dolch aus dem Gürtel zog und auf Attat losging. Im gleichen Augenblick zog Melas sein Schwert aus der Scheide und stürzte ihm nach.

Maque hätte später nicht sagen können, ob ihr Vater Averon angreifen oder ihm helfen wollte. Aber das spielte auch keine Rolle. Geschickt wich Attat Averons Dolch seitlich aus, stand von seinem Stuhl auf, zog eine Clabbarde aus seinem Harnisch, drehte sich um und schlug Averon, das Heft des Schwerts mit beiden Händen haltend, den Kopf ab.

Alles, was danach kam, lief für Maque unnatürlich langsam und wie in einem Traum ab. Averons kopflose Leiche sank vor Attats Füßen zusammen. Blut sprudelte daraus hervor, während sein Kopf vom Podest rollte und mit einem ekelerregenden Aufprall mit offenen Augen auf den Steinfliesen landete. Die Augen zwinkerten noch einmal – ein Muskelreflex –, dann wurden sie glasig und starr.

Auf dem Podest zielte eine der Minotaurenwachen neben Tailonna mit ihrem stachelbewehrten Shatang auf Melas, der mit gezücktem Schwert vor Attat stand. Gerade als die Wache den Shatang werfen wollte, rempelte die Meerelfe ihn an, so daß der Speer von seinem eigentlichen Ziel, Melas' Brust, abgelenkt wurde. Statt dessen traf er Melas mit solcher Wucht an der Schulter, daß der Kapitän der *Perechon* zurückgeworfen und auf das Podest genagelt wurde.

»Nein!« schrie Maquesta auf. Sie sprang vor, um ihrem Vater zu helfen.

Von beiden Seiten des Saals liefen Wachen herbei, um Maquesta und die anderen zurückzuhalten. Instinktiv trat sie mit dem rechten Bein in einem halbkreisförmigen Bogen um sich und traf damit eine der Wachen in die Lenden, so daß der Minotaurus den Shatang fallenließ und sich vor Schmerz krümmte. Einer anderen Wache stieß Maquesta den Ellenbogen in den Magen, genau unter den Brustkorb. Der Stoß war gut gezielt und ließ das riesige Ungeheuer innehalten, doch nur für einen Augenblick. Bevor Maque ihr Kurzschwert ziehen konnte, war der Minotaurus über ihr. Er schlug ihr so hart ins Gesicht, daß sie zu Boden fiel. Dort blieb sie mit dem Gesicht auf den kalten Steinfliesen liegen, eingeklemmt unter dem Huf der Wache.

Vartan war es gelungen, sein Schwert zu ziehen, und er setzte es geschickt gegen eine der Wachen ein, die mit ihrer Waffe eher unbeholfen umging. Nach einer letzten Parade durchbohrte er die Wache, vergeudete jedoch zu viele Sekunden mit dem Bewundern seiner Leistung. Eine andere Wache stürzte sich brüllend von hinten auf ihn und ließ eine gepolsterte Tessto auf seine Schulter niedersausen, woraufhin Vartan sein Schwert fallenließ und in die Knie ging, einen Schmerzensschrei auf den Lippen. Attat mußte seine Wachen angewiesen haben, keinen von den Matrosen zu töten, falls es zum Kampf kommen sollte, denn der Minotaurus gab Vartan nicht etwa den Todesstoß, sondern trat nur nach ihm und setzte sich dann auf ihn, um ihn bewegungsunfähig zu machen.

Micah jedoch hatte weniger Glück. Zu Beginn des Handgemenges war er einer Wache in den Rücken gesprungen und hatte mit seinem Dolch auf den Minotaurus eingestochen. Diese hatte seinen Gegner gegen eine der Steinsäulen gedrückt, um ihn abzustreifen. Die Wache hatte dabei – vielleicht absichtlich – seine Kräfte unterschätzt. Micahs Kopf wurde heftig zurückgeschleudert und von einer der dolchartigen Spitzen auf den metallenen Fackelhaltern so aufgespießt, daß sie ihm vorn aus der Stirn wieder heraustrat. So blieb er dort hängen.

Canin, Magpie, Gorz und Hvel waren den Minotauren zahlenmäßig so unterlegen, daß sie schnell und gründlich überwältigt wurden. Eine höllische Geräuschkulisse aus Brüllen, Grunzen und Heulen erfüllte den Saal, da die angeketteten Kreaturen teils ihre Blutgier, teils ihre Furcht zum Ausdruck brachten. Die Wachen warteten auf weitere Anweisungen, aber Attat wanderte nur auf dem Podest hin und her. Gelegentlich verpaßte er dem am Boden liegenden Melas einen kräftigen Tritt.

»Bringt sie ins Verlies«, fauchte er, als er sich schließlich zu seinen Lakaien umdrehte. »Bringt sie alle nach unten!«

Kapitel 5
Attats Verlies

Maquesta kam nur langsam zu sich. Immer wieder spielte sich das Rennen vor ihrem inneren Auge ab, und ihr Körper wurde herumgeworfen, als würde sie auf einer Welle nach der anderen reiten. Unzählige Male beobachtete sie, wie die Mannschaft der *Torado* den Fängen und Klauen der Meerhexen zum Opfer fiel, und sie sah Lendle den einzigen Überlebenden, Fritzen Dorgaard, versorgen. Sie sah auch das grinsende Gesicht ihres Vaters, und sie erinnerte sich an viele glückliche Momente, die sie an Deck der *Perechon* miteinander geteilt hatten. Dann erblickte sie seinen zutiefst erschütterten Ausdruck, als die *Katos* das zweite Mal an ihnen vorbeizog. Auch das Gesicht ihrer Mutter tauchte vor ihr auf, das schöne, blasse Elfenantlitz, dessen Anblick Maquesta so gut tat. Seit dem Verschwinden ihrer Mutter waren vierzehn Jahre vergangen, und mit jedem Monat wurde es für Maquesta schwieriger, sich daran zu erinnern, wie ihre Mutter eigentlich ausgesehen hatte. Doch in ihren Träumen fiel ihr das Erinnern leicht. Sie warf sich hin und her, und ihr Verstand war aufgewühlt wie das Wasser im Auge des Bullen.

Irgendwann verschwanden die Visionen, und Maque kämpfte sich langsam in die häßliche Wirklichkeit zurück. Schwitzend und mit Herzklopfen öffnete sie schließlich die Augen. Offenbar war sie schlimmer getroffen worden, als sie sich erinnern konnte. Sie wußte noch, daß man sie über schmale Steintreppen, die von Moder und Schimmel schlüpfrig waren, nach unten geschleppt hatte. Die Stufen hatten in einem ekelhaft stinkenden, finsteren Loch geendet. Es mußte Türen gegeben haben, denn Maquesta hatte gehört, wie einige davon sich in rostigen Angeln quietschend öffneten, gefolgt von dem Geräusch von Körpern, die hineingestoßen wurden. Dann waren die Türen lautstark zugeknallt worden. Schließlich war die Reihe an Maque gewesen. Man hatte sie hineingeworfen und eine Tür hinter ihr zugeschlagen.

Maquesta rieb sich die Augen und stützte sich auf ihre Ellenbogen. Sie erinnerte sich noch, daß die Zelle ihr sehr klein vorgekommen war. Als sie sich in der Düsternis umsah, wußte sie, daß ihr Gedächtnis ihr gute Dienste leistete. Nachdem sie aufgestanden war, streiften ihre Locken die niedrige Decke. Sie umfaßte ihren schmerzenden Kopf mit beiden Händen. Vorsichtig tastete sie sich ab, bis sie direkt über dem linken Ohr eine Schwellung entdeckte. Die Wachen waren nicht besonders sanft mit ihr umgesprungen. Maque lief hin und her. Es waren nur drei lange Schritte von einer Wand zur anderen. Ihr Magen knurrte, und ihre Kehle und ihr Mund waren trocken. Nach ihren Verletzungen und ihrem Hunger zu urteilen, saß sie schon ein paar Tage hier fest. Frustriert wählte sie eine Wand aus, die sich weniger schleimig anfühlte als die anderen, und lehnte sich dagegen. Als sie mit dem Rücken an der kalten Steinmauer herabrutschte und die Beine ausstreckte, konnte sie mit den Füßen beinahe die gegenüberliegende Wand berühren. Damit sie nicht in die offene Abwasserrinne stürzte, die ringsherum am Rand der Zelle verlief, mußte sie den Rücken allerdings etwas schräg anlehnen. So unbequem saß sie zusammengekauert da; sie wußte nicht, wie lange. Mehrere Stunden, vermutlich, denn ihr Kopf tat allmählich weniger weh, und ihr Magen knurrte lauter.

Das Stöhnen, das sie vernahm, riß sie schließlich aus ihrer Verzweiflung. Als Maque die Augen aufschlug, ging es ihr etwas besser, obwohl der Hunger sie geschwächt hatte. Ihre Augen, die mehr wahrnahmen als Menschenaugen, paßten sich gut an die Dunkelheit an. Die Holztür ihrer Zelle mit dem vergitterten Fenster konnte sie leicht erkennen. Das bißchen Licht, das es gab, kam durch diese Öffnung. Auf beiden Seiten der Zelle gab es in der Mauer lange, flache Löcher, die ebenfalls mit Eisenstäben vergittert waren und vermutlich zu den benachbarten Zellen führten. Durch eines davon drang ein Stöhnen zu Maquesta.

Nachdem sie genau hingehört hatte, glaubte Maque die Töne zu erkennen. »Vater?«

Das Stöhnen brach ab.

»Vater?« Sie sprang auf und war mit zwei Schritten an der Tür.

»Maquesta?« Die Stimme, die ihren Namen rief, zitterte vor Erschöpfung und Krankheit. Dennoch verspürte Maquesta eine überwältigende Freude und Erleichterung. Sie hatte schon befürchtet, ihr Vater wäre tot.

»Den Göttern sei Dank, du lebst, Vater! Was ist mit deiner Schulter? Hat man sie überhaupt behandelt?«

»Nein. Sie haben mich nur notdürftig versorgt. Ich fürchte, die Wunde ist entzündet. Ich habe keine Möglichkeit, sie zu säubern. Aber keine Sorge, Schatz. Deine Mutter ist gekommen, um mich zu pflegen. Sie wird sich gut um mich kümmern.«

»Mutter?« Eine eisige Hand schloß sich um Maquestas Herz. Melas mußte phantasieren. Das bedeutete, daß seine Verletzung sich wirklich entzündet hatte. Sie mußte sich etwas ausdenken, wie sie ihn hier herausbekommen konnte! Maque sank wieder an der Mauer zusammen und weinte.

Als Maque das nächste Mal erwachte, hörte sie die Wachen in der kehligen Minotaurensprache reden. Sie vernahm das wiederholte metallische Klirren von Schlüsseln, die an einem großen Schlüsselring aneinanderschlugen. Die Wachen wirkten nervös. Kurz darauf trampelten mehrere Paar Hufe die

Steintreppe herunter. Maque preßte ihr Gesicht an die Öffnung ihrer Zellentür. In dem unheimlichen Licht, das von mehreren großen Becken mit glühenden Kohlen ausging, sah Maquesta Attat in den Innenraum des Verlieses stürmen, der, wie sie nun erkannte, zur Folter benutzt wurde. Sie trat von der Tür weg und ließ sich von den Schatten verschlucken.

Sie hörte, wie Attat direkt zu Melas' Zelle marschierte. Er befahl einer der diensthabenden Wachen, die Tür aufzumachen. »Du hast meine Pläne zunichte gemacht!« rief Attat, aber Maque fragte sich, ob ihr Vater überhaupt bei Bewußtsein war. Sie hörte ein dumpfes Geräusch, dem ein wimmernder Schmerzenslaut folgte.

»Steh auf, wenn ich mit dir rede!« In der Minotaurensprache sagte Attat etwas zu den Wachen. Maque hörte es in der Zelle poltern, dann vernahm sie einen kurzen Aufschrei ihres Vaters. Die Wachen mußten ihn auf die Beine gezerrt und ihm dabei die verletzte Schulter verdreht haben. Maque konnte es kaum ertragen, ihren Vater leiden zu hören.

»Na also, schon besser«, fuhr Attat fort. »Eigentlich hätte ich euch alle töten sollen, weil ihr es gewagt habt, mich anzugreifen. Aber da Averon schon tot war, wollte ich *dich* auf die Jagd nach dem Morkoth schicken. Ich dachte, eine Woche in meinem Verlies würde dich lehren, mehr Respekt vor mir zu haben. Doch jetzt sehe ich, daß du mir in deinem Zustand wenig nutzen wirst. Es hat keinen Sinn – ich muß mir einen neuen Kapitän und eine neue Mannschaft suchen, und ihr werdet alle sterben. Du zuletzt, Melas Kar-Thon, dann kannst du miterleben, wie deine Matrosen für deine Dummheit bezahlen, und zusehen, wie dein Weib deinen Affront gegen mich büßt.«

»Lord Attat! Lord Attat! Dürfte ich bitte mit Euch sprechen?« Maquesta hatte all ihre Kraft und Geistesgegenwart zusammengenommen, um nach dem Minotaurenlord zu rufen. Sie hatte sich an der stützenden Wand hochgeschoben und war wieder zur Tür gelaufen, wo sie sich mit klammen Fingern an den Gitterstäben festhielt.

Attat jedoch zeigte mit keiner Miene, daß er sie gehört hatte, oder vielleicht wollte er einfach nicht antworten. Er begann auf die Treppe zuzugehen.

»Ich kann die *Perechon* führen! Ich kann den Morkoth für Euch fangen!«

Mit der Infravision der Minotauren, der Fähigkeit, in düsteren Räumen bemerkenswert gut sehen zu können, spähte Attat zu jeder einzelnen Zelle, bis seine Augen Maquestas Hände entdeckten. »Und wer bitte bist du?«

»Maquesta Kar-Thon, die Tochter von Melas. Ich bin auf der *Perechon* großgeworden. Ich habe mein ganzes Leben auf dem Schiff verbracht. Die Mannschaft kennt mich. Ich kann es schaffen. Ich habe die *Perechon* sogar während des Rennens durch ein paar schwierige Abschnitte gesteuert.«

»Tochter?« stieß Attat hervor. »Ich dachte, du wärst seine Dirne.« Attats Gelächter hallte von den Mauern des Verlieses wider. »Ich mag Mädchen, die Träume haben, aber nicht, wenn ich dafür zahlen soll«, sagte er rauh. »Ich danke dir jedoch für eines. Jetzt, da ich weiß, wer du bist, kann ich dich jedenfalls als letzte töten lassen, damit du deinen Vater sterben siehst. Langsam.«

Attat klatschte in die Hände, worauf die Wachen angelaufen kamen. »Sie sollen zu essen bekommen, wenn auch nicht viel, und gebt ihnen Wasser. Ich will, daß sie einigermaßen bei Kräften bleiben, damit sie sich ans Leben klammern und glauben, sie hätten eine Chance. Es macht keinen Spaß, wenn sie um ihren Tod beten.«

Während der nächsten paar Tage war Maquesta gezwungen, die gräßlichen Foltern an Magpie, Canin und Gorz mitanzusehen. Die Wachen holten sowohl sie als auch ihren Vater aus ihren Zellen, damit sie die makabren Rituale miterlebten. Canin kam auf die Streckbank. Als er nach stundenlangen Qualen geschwächt war, wurde er mitsamt einem Bullywug zurück in die Zelle geworfen, der ihn rasch umbrachte und auffraß.

Magpie wurde mit heißen Kohlen und Brandeisen gequält und mußte anschließend eine ungleiche tödliche Begegnung mit einem Greif über sich ergehen lassen. Selbst wenn Maque die Augen schloß und sich die Ohren zuhielt, sah sie noch immer das Blut und hörte seine Schreie.

Gorz wurde stundenlang an seinen Handgelenken aufgehängt, während ein mit scharfen Spitzen versehener Kasten sich langsam um ihn schloß und seine Haut durchbohrte. Die Wachen drohten höhnisch, daß sie ihn am Leben lassen würden, damit sie am anderen Morgen noch jemanden zum Foltern haben würden.

Maquesta verfluchte sich dafür, daß sie die Männer ausgewählt hatte, welche sie, ihren Vater und Averon zu dem Minotaurenlord begleiten sollten. Wenn die Männer auf der *Perechon* zurückgeblieben wären, wären sie jetzt frei und in Sicherheit gewesen. Tränen liefen Maque über das Gesicht. Sie fragte sich, ob die restlichen Matrosen wohl schon das Schiff verlassen hatten. Wenigstens würden sie dann nicht Attat zum Opfer fallen, sagte sie sich.

Trotz all der Schrecken war Maque dankbar, daß sie in der Nähe ihres Vaters sein konnte, obwohl dessen Zustand sich zusehends verschlechterte. Wenn die Wachen mit ihrer grausamen Unterhaltung beschäftigt waren, tat Maque, was sie konnte, um Melas' Wunde zu säubern. Die Entzündung schien sich über seinen ganzen Arm auszubreiten. Die meiste Zeit redete er wirr vor sich hin – über Mi-Al, über Segelschiffe, über seine Jugend, aber nie über Averon.

Nur einmal schien der Nebel um seinen Verstand sich ganz zu lichten. Melas sah Maque mit klaren Augen an. »Ich habe dich in diese furchtbare Lage gebracht, Maquesta, und alles nur, weil ich dem Falschen vertraut habe. Mach niemals denselben Fehler – versprich es mir. Du kannst deiner Familie trauen, aber niemandem sonst. Versprich mir, daß du das nie vergißt. Versprich es!«

Er packte ihren Arm und hielt ihren Blick gefangen, bis sie nickte. »Ja. Ich verspreche es«, flüsterte sie.

»Geld ist auch etwas, das dich nie verraten wird. Erinnere dich auch daran!« Sie nickte wieder.

Maquesta prägte sich den Grundriß des Verlieses und die Gewohnheiten der Wachen ein, denn nur so hatte sie eine Chance, auf irgendeine Weise zu entfliehen. Die Zellen waren hufeisenförmig um drei Seiten des großen Mittelbereichs herum angeordnet, in dem die Foltergeräte offen zur Schau gestellt waren. Die Mannschaftsmitglieder der *Perechon* waren fast die einzigen Gefangenen gewesen. Daneben gab es nur noch einen Minotaurus, ein kräftiges, eindrucksvolles Wesen, das Maque noch nie sprechen gehört hatte. Obwohl der Minotaurus eindeutig ein Gefangener war, hatte er im Verlies irgendwie einen besonderen Status. Zum einen hatte Maque nie erlebt, daß er gefoltert worden wäre. Manchmal ließen ihn die Wachen mit Fußschellen aus seiner Zelle und befahlen ihm, ihnen zu helfen, indem er ihnen beispielsweise heiße Brandeisen für ihre »Arbeit« zureichte. Aus der Art, wie der gefangene Minotaurus sich bei solchen Tätigkeiten verhielt, konnte man jedoch schließen, daß schon dies für ihn eine Art Folter darstellte.

Die schmale Treppe, die in Attats Palast hochführte, lag an der vierten Seite der Folterkammer. Einen anderen Zugang zum Verlies gab es nicht. Dementsprechend waren normalerweise nur jeweils zwei Wachen pro Schicht unten. Die beiden, die den Nachtdienst hatten, kamen Maque weniger verantwortungsbewußt vor als die anderen, denn sie brachten gelegentlich eine Flasche Kräuterschnaps mit, die sie spät am Abend noch leerten. Während einer solchen Sitzung sah Maque einmal, wie einer der Wachen ein Hirschfänger aus dem Harnisch rutschte. Ohne zu erkennen, was da heruntergefallen war, trat die Wache den Hirschfänger reflexartig unter eines der niedrigen heißen Kohlenbecken.

Am nächsten Tag ließ man Maquesta aus ihrer Zelle, damit sie die letzten Qualen von Gorz miterlebte, der blutig geschlagen und dann in einen Käfig geworfen wurde, in dem ein Eisbär wartete. Während die Wachen die grausige Szene mit wachsender Erregung mitansahen, rückte Maquesta unbemerkt von ihnen ab, kauerte sich vor das Kohlenbecken und tastete nach dem Hirschfänger. Sie verbrannte sich die Hand, aber es gelang ihr, die Waffe in die Finger zu bekommen. Als sie sich rasch umsah, bevor sie den Hirschfänger herauszog, bemerkte Maque, daß der gefangene Minotaurus sie beobachtet hatte. Ihre Blicke begegneten sich, und obwohl sein Gesicht ausdruckslos blieb, glaubte sie nicht, daß er einen Warnruf ausstoßen würde. Maque schob den Hirschfänger hinten in ihren Gürtel und sah hilflos zu, wie der Bär Gorz auffraß.

Jetzt waren nur noch Vartan, Hvel, sie selbst und Melas übrig. Sie war nicht einmal sicher, ob Vartan noch lebte oder in welchem Zustand er war. Man ließ ihn nie aus seiner Zelle, so daß sie ihn nicht mehr gesehen hatte, seit sie alle in den Kerker geworfen worden waren. Immerhin hatte Maquesta nicht gesehen, wie er gefoltert und getötet wurde, das war ein gewisser Trost. Hvel war am Leben. Nachts, wenn die Wachen sich betranken, rief er nach ihr. Aber es ging ihm nicht gut. Er bekam dasselbe Essen, das man auch ihr unter der Tür hindurchschob, und das war wenig genug. Darüber hinaus verspotteten ihn die Wachen, indem sie ihm ankündigten, wie sie ihn martern würden und welchem Tier er bald zum Fraß vorgeworfen würde.

Maquesta wußte, daß sie handeln mußte, bevor sie von der dünnen, grauen Brühe, die die Wachen ihnen gaben, noch schwächer wurde. Sie hatte nicht mehr viel Zeit.

Als die Wachen sie und Melas am anderen Tag aus ihren Zellen zerrten, war sie bereit. Maque wartete ab, bis die Wachen Hvels Zelle entriegelt und den Matrosen am Arm gepackt hatten. Sie schnauzten den gefangenen Minotaurus in ihrer eigenen Sprache an, worauf der zur Zelle schlurfte. Als alle drei von ihr wegsahen, lehnte Maquesta sich mit dem Rücken an die Wand neben dem einen Becken mit heißen Kohlen und benutzte ihre Füße dazu, es umzustoßen. Die Kohlen rollten auf einen Haufen schimmligen Strohs. Einen Moment lange befürchtete sie, das Stroh wäre zu feucht, um Feuer zu fangen. Doch dann begann es zu rauchen, und schließlich schossen kräftige Flammen empor.

»Feuer!« Sie hoffte, die Wachen würden dieses Wort in der Sprache der Menschen verstehen.

Ob sie damit Recht hatte oder ob sie den Rauch bemerkt hatten, jedenfalls wirbelten sie alarmiert herum. Einer von ihnen rannte sofort herbei und begann, auf das Stroh einzutreten. Die Flammen züngelten um seine Hufe herum, und er heulte, während er seine Bemühungen fortsetzte. Er schlug sogar mit seiner Keule auf das Stroh ein. Maque grinste. Der Minotaurus war zu dumm, um zu erkennen, daß das Feuer sich nicht über das Stroh hinaus ausbreiten konnte. Den Steinboden oder die Mauern konnte es nicht verzehren.

Um ihn herum quoll Rauch auf, und er begann zu husten. Durch den Rauch sah Maquesta die andere Minotaurenwache auf die Treppe zulaufen. In der Hoffnung auf eine gewisse Deckung durch den Rauch, zog Maquesta den Hirschfänger aus dem Gürtel und rannte dem Wächter nach, der mittlerweile die Treppe erreicht hatte und seine Waffe an die Wand lehnte, um den richtigen Schlüssel herauszusuchen. Maque durfte nicht zulassen, daß er verschwand und Alarm schlug! Sie stürzte beinahe über die Steine bei dem Versuch, schneller bei der Wache zu sein, und hielt sich die Seite, die von der ungewohnten Anstrengung schmerzte.

Der Wächter mußte sie kommen gehört haben, denn er drehte sich um und warf ihr einen drohenden Blick zu. Sie hielt dem Blick stand und stürzte sich auf den Minotaurus. Ohne zu zögern stieß sie der Wache den Dolch in die Brust, dorthin, wo sie das Herz vermutete. Der Minotaurus knurrte sie an, hob den rechten Am und schlug sie weg. Sie landete auf dem Bauch und war einen Augenblick lang benommen. Da fiel ein Schatten über Maquesta. Sie sah, daß der Minotaurus über ihr aufragte. Stöhnend zog er den Hirschfänger aus seiner Brust, sah ihn an und knurrte noch lauter. Er schleuderte das Messer zu Boden und bückte sich nach Maque. Geschickt rollte sie sich auf die Seite und sprang behende auf die Füße. Der Minotaurus schlug wild um sich, doch als er nur ins Leere traf, knurrte er wieder.

Nachdem Maque sich gebückt hatte, um den Hirschfänger aufzuheben, tänzelte sie zurück, bevor die Wache sie ansprang. Diesmal jedoch fand die ausgestreckte Hand ihres Gegners ihr Ziel. Er griff in ihr lockiges Haar und zerrte sie grob zu sich. Er zog sie an seine Brust, bis ihr Gesicht gegen seine blutige Wunde drückte, schlang die Arme um sie und drückte fest zu.

Ein scharfer Schmerz schoß ihr die Wirbelsäule hinab. Der Minotaurus wollte ihr das Rückgrat brechen! Sie kniff die Augen zusammen und kämpfte verzweifelt gegen eine Welle der Übelkeit an, dann stählte sie sich und biß ihrem Gegner in seine Wunde. Er heulte auf vor Schmerz und lockerte seinen Griff so weit, daß sie ihre Hand herausschieben konnte, diejenige, mit der sie noch immer den Dolch umklammert hielt. Diese Klinge stieß sie ihm in die Seite, immer wieder, bis er sein Opfer schließlich stöhnend losließ. Diesmal war er jedoch derjenige, der zurückwich und sich zur Wand schleppte, wo seine Waffe lehnte, ein großes, gekrümmtes Schwert.

Nein! schrie es in Maque. Sie durfte nicht zulassen, daß er die Waffe in die Hand bekam. Dann hatte sie keine Chance mehr. »Nein!« schrie sie laut und bot ihre letzte Kraft auf, um die Entfernung zwischen sich und dem Gegner zu überwinden. Mit beiden Händen umklammerte sie den kurzen Knauf des Hirschfängers, dessen Klinge von ihr wegzeigte. Als sie bei dem Minotaurus war, sprang sie hoch, stieß die Klinge nach oben und rammte sie ihm in die Kehle. Der Minotaurus taumelte zurück. Blut spritzte aus seiner Wunde. Er schlug um sich, umklammerte mit beiden Händen seinen Hals und versuchte den Hirschfänger herauszuziehen. Aber Maquesta hatte soviel Wucht in den Stoß gelegt, daß die Waffe feststeckte. Der glücklose Wächter fiel schwer auf die Knie, dann kippte er vornüber in den Staub.

Das Geräusch sich nähernder Hufe hinter ihr ließ Maque herumfahren. Die zweite Wache hatte anscheinend den Kampf gegen das Feuer aufgegeben und rannte herüber, um zu sehen, was mit ihrem Kameraden geschehen war. Sie war mit einer Stachelkeule bewaffnet, die sie beim Laufen nach Maquesta schwang. Maque duckte sich, und die Waffe zischte nur knapp über ihren Kopf hinweg durch die abgestandene Luft.

Dann stieß sie sich ab und warf sich nach vorn, so daß sie die Wache mit Kopf und rechter Schulter genau in den Bauch traf und nach hinten taumeln ließ. Die Keule fiel zu Boden, und die Wache ruderte mit den Armen im verzweifelten Versuch, das Gleichgewicht zu halten und auf den Beinen zu bleiben. Die ganze Zeit schrie der Minotaurus – wahrscheinlich verfluchte er Maquesta in seiner Sprache.

Die junge Frau ließ sich nicht einschüchtern, denn sie war entschlossen, sich zu befreien. Sie trat fest zu und traf ihren Gegner in den Unterleib. Er sackte stöhnend vor Schmerz und Überraschung in sich zusammen, dann verlor er schließlich das Gleichgewicht und kippte mit einem dumpfen Aufprall nach hinten um. Hilflos wie ein Säugling lag er auf dem Rücken. Maque sprang über ihn hinweg und landete an der Stelle, wo seine Keule hingerutscht war. Sie wollte die Waffe gerade aufheben und ihre Finger um den schmalen Griff schließen, als der Minotaurus Anstalten machte, wieder auf die Beine zu kommen.

»Nein, das wirst du nicht!« schrie Maquesta. »Du gehst nirgendwohin.«

Der Minotaurus richtete seinen Oberkörper auf, so daß sein Rücken für Maquesta ein leichtes Ziel darstellte. Sie stürzte vor, holte mit der Keule aus und schlug zu. Sie hatte nicht genau gezielt, aber immerhin traf sie statt seines Hinterkopfs die Stelle zwischen seinen Schulterblättern, woraufhin er nach vorn kippte und mit dem Kopf zwischen seinen gespreizten Beinen auf dem Steinboden aufschlug. Weil sie nicht sicher war, ob er wieder aufstehen und sie noch einmal bekämpfen würde, schlug sie ein zweites Mal zu. Als sie seinen Schädelknochen splittern hörte, verzog sie das Gesicht.

Nachdem sie ihr schauerliches Werk beendet hatte, ließ sie die Keule fallen und atmete die rauchverhangene Luft in tiefen Zügen ein. Hustend taumelte sie zu dem ersten Minotaurus, den sie getötet hatte, und rollte ihn herum, bis sie den Schlüsselring an seinem Gürtel fand. Würgend zog sie ihn ab. Sie brauchte frische Luft! Der Rauch von ihrem Feuer war schon bis hierher gedrungen. Mit dem Schlüsselring in den zitternden Fingern rannte sie zu Vartans Zelle und schloß auf. Schwach und orientierungslos wankte der Matrose heraus. Maque sah, daß es Hvel kaum besser ging. Sie schluckte, als sie erkannte, daß sie auf die Hilfe dieser beiden nicht zählen konnte, wenn sie Melas die Treppe hochbringen wollte. Sie sah zu dem gefangenen Minotaurus hinüber, der damit beschäftigt war, die Flammen zu löschen.

»Wenn du mir hilfst, können wir alle bald frei sein«, rief sie ihm zu.

Er nickte einfach. »Und wenn du mir hilfst, diesen Rauch zu ersticken, wird niemand hierhergelockt, um nachzuforschen.«

Maque lächelte und löschte mit ihm gemeinsam die letzten

Flammen. Wo sie standen, herrschte dicker Rauch, aber noch war er nicht durch die verriegelte Tür gedrungen, die zum Palast hochführte.

Maquesta zeigte auf ihren Vater, der mit dem Rücken zur Steinmauer saß. Sein Kopf war ihm auf die Brust gesunken, und er hustete leise. Sie sah zu dem Minotaurus hoch. »Könntest du mir helfen, ihn zu tragen?«

»Warte einen Moment«, erwiderte der Minotaurus. »Erst will ich versuchen, meine Fußschellen aufzubrechen.« Seine Stimme war tief, sein Atem ging stoßweise. Er legte die Kette, die seine Füße zusammenband, über das noch stehende zweite Kohlenbecken. Sobald die Glieder in feurigem Orange glühten, zerschlug er sie mit einem riesigen Holzhammer, mit dem die Wachen Keile in die Streckbank getrieben hatten, um die Zahnräder an Ort und Stelle zu halten. Die Kette brach auseinander, als bestünde sie aus Zahnstochern.

»Ich bin Bas-Ohn Koraf«, sagte der Minotaurus etwas förmlich.

»Und ich bin Maquesta Kar-Thon«, stöhnte Maque, während sie versuchte, sich Melas' Arm über die Schulter zu legen und ihren Vater auf die Füße zu ziehen.

»Wenn du gestattest.«

Der Minotaurus hob ihren Vater mit Leichtigkeit hoch und hielt ihn wie ein Kind in seinen starken Armen. Maque trieb Hvel und Vartan die Treppe hoch vor sich her, während der Rauch um sie herum sich langsam auflöste.

Einige Minuten später schlüpften sie durch eine der Glastüren in den Garten hinaus. Endlich waren sie den dunklen Mauern von Attats Verlies und den gewundenen Gängen seines Palastes entronnen.

»Wir müssen zu dem großen Baum an der Mauer. Den können wir hochklettern und dann hinausspringen«, sagte Maque eilig. Sie wußte, das war kein überwältigender Plan, aber mehr fiel ihr nicht ein, und sie wollte nicht herumstehen und warten, ob ihr noch etwas Besseres einfiele. Der Minotaurus nickte.

Nachdem sie hastig einen halbmondförmigen, terrassierten Steingarten umrundet hatte, war Maque gerade wieder zurückgekehrt, um den Minotaurus zur Eile anzutreiben, als sein bestürzter Gesichtsausdruck sie dazu brachte, sich noch einmal umzudrehen. Unmittelbar vor ihr stand Attat mit dem verhüllten Ilyatha und eine Gruppe Wachen daneben.

Maquesta spürte, wie ihre Kräfte sie verließen. Sie kämpfte mit den Tränen.

»Ich muß zugeben, ich bin beeindruckt«, sagte Attat, in dessen Stimme mehr Drohung als Anerkennung lag. »Von der Menschenfrau, Koraf, nicht von dir«, fauchte er den Minotaurus an, der Melas trug.

»Wie konntet Ihr uns so aufspüren, daß Ihr genau vor uns auftaucht?« wollte Maque wissen.

»Ich brauchte nicht zu suchen, denn ich habe doch die Hilfe von Ilyatha.«

Maquesta konnte das Gesicht des Schattenmenschen nicht sehen, warf ihm aber trotzdem einen wütenden Blick zu. Ilyatha senkte den Kopf. Maque konnte nicht feststellen, ob er einfach nur nickte oder Scham in dieser Geste lag.

»Ich war neulich vielleicht zu voreilig«, fuhr Attat fort, der sich Maquesta nun bis auf wenige Schritte näherte. »Ich denke, ich werde dir doch erlauben, die *Perechon* zu führen. Ich könnte es viel schlimmer treffen, zum Beispiel mit Koraf da drüben.«

»Was ist mit meinem Vater?« Maques Tonfall war brüsk, fast herrisch. Sie hatte nichts mehr zu verlieren. Vergessen war die Angst, was der Minotaurenlord ihr antun könnte. »Ich will, daß er mich begleitet. Unterwegs kann er gesund werden, und mir eine große Hilfe sein.«

»Nein, nein, nein. Ich glaube kaum, daß er eine solch anstrengende Reise schon verkraften würde, meinst du nicht auch?« sagte Attat mit gespielter Sorge. »Mit ihm habe ich andere Pläne. Er ist meine Versicherung – daß du zurückkommst. Und dein Antrieb – damit du deine Aufgabe erfolgreich erfüllst.«

»Ich will, daß er mich begleitet«, wiederholte Maque unnachgiebig. »Er soll nicht wieder in Eurem Verlies landen. Ich glaube nicht, daß er dort noch einen einzigen Tag überleben würde. Und wenn mein Vater tot ist, habt Ihr keine Versicherung und ich keinen Antrieb.«

Attat lächelte sie an, wobei er seine stierähnlichen Lippen schürzte. Er verschränkte seine muskulösen Arme vor der Brust, daß die Armreifen im Sonnenlicht blinkten. »Ich werde dir eines zugestehen, Maquesta. Er kehrt nicht ins Verlies zurück. Solange du die *Perechon* für deine Reise vorbereitest, gebe ich ihm ein Zimmer im Haupttrakt des Palastes und lasse seine Wunde von Tailonna versorgen. Sie wird sich darum kümmern, daß er etwas Anständiges zu essen bekommt. Bis ihr aufbrecht, wird es ihm schon besser gehen. Der einzige, der wieder ins Verlies zurückgeht, ist unser Koraf.«

Maquesta hörte Koraf leise knurren und beschloß, Attat ein zweites Zugeständnis abzuringen. »Nein. Er kommt mit mir.« Maque stand da und verschränkte die Arme vor der Brust, als wollte sie Attat nachahmen. »Ihr habt drei Matrosen aus meiner Mannschaft umgebracht, vier, wenn man Averon mitzählt. Ich habe zuwenig Männer, und ich habe gesehen, daß Bas-Ohn Koraf gute Arbeit leistet. Ich bin sicher, ich kann ihm beibringen, was er vom Segeln wissen muß, bis wir aufbrechen. Sobald wir mit Eurem kostbaren Morkoth zurückkehren, könnt Ihr mit ihm anstellen, was Ihr wollt.«

Der Minotaurenlord warf lachend den Kopf zurück. Dann heftete er seinen Blick wieder auf Maquesta. Seine Augen schienen zu glühen. »Oh, Koraf brauchst du übers Segeln nichts beizubringen. Er ist gelernter Schiffsbauer.«

Attat strich sich über das Kinn und sah Ilyatha an. Der Schattenmann stand ihm gegenüber, und Maque vermutete, daß zwischen den beiden eine Art Gespräch stattfand. Sie lächelte matt. Offenbar dachte Attat über ihre Forderung nach, Koraf mitgehen zu lassen.

Schließlich fuhr der Minotaurus zu ihr herum und trat noch einen Schritt vor. Jetzt stand er unmittelbar vor ihr, so daß Maque seine starke, moschusartige Ausdünstung riechen konnte, doch sie wich keinen Schritt zurück. Als er sie von oben herab anfunkelte, zog er höhnisch einen Mundwinkel hoch, dann wurde seine Miene milder. »Jetzt verschwinde endlich«, sagte er. »Nur du und die beiden anderen von der *Perechon*«, fügte er hinzu und deutete auf Vartan und Hvel. »In zwei Tagen erwarte ich euch wieder hier, dann seid ihr zum Auslaufen bereit. Bis dahin habe ich meine endgültige Entscheidung gefällt. In der Zwischenzeit bleibt Koraf hier.«

Maque sah Bas-Ohn Koraf in die Augen, konnte dessen Blick aber nicht deuten. Immerhin nickte er kaum wahrnehmbar, als würde er ihr gestatten zu gehen.

Nachdem sie sich vergewissert hatte, daß Melas bequem untergebracht wurde, nahm Maquesta Hvel und Vartan an den Händen und lief durch die gehämmerten Silbertüren und das große Tor in die schlammigen Straßen von Lacynos hinaus.

Kapitel 6
Aufbruch

»Lendle! Fritzen, du bist ja wieder genesen! Aber was macht ihr beide hier? Ihr solltet auf der *Perechon* sein.« Maquesta hätte sie am liebsten gleichzeitig gescholten und umarmt. Aber sie war zu erleichtert über ihre Freiheit, um auch nur eins von beidem zu tun.

Sie traf auf die beiden, als sie, Hvel und Vartan gerade aus Attats umfriedetem Anwesen herausstürmten. Maque fuhr sich mit der Linken durch die Haare und hatte anschließend die Finger voller Schmutz und Spinnweben. In der rechten Hand hielt sie einen Ledersack, den Attat ihr widerwillig ausgehändigt hatte. Zum ersten Mal seit über zwei Wochen sah Maque an sich herunter, entsetzt über den Gedanken, wie sie aussehen mußte. Ihre Kleider waren dreckig und zerlumpt. Bestimmt roch sie auch fürchterlich. Der Bluterguß an ihrem Wangenknochen, wo die eine Wache sie geschlagen hatte, leuchtete gelblich unter ihrer dunklen Haut hervor. Vartan und Hvel sahen allerdings kaum besser aus.

Lendle schaute sie kurz von oben bis unten an. Seine Gnomenaugen verweilten auf Maquestas verschmiertem Gesicht. »Wir haben bei dem Anwesen Wache gehalten. Ich habe versucht, mir einen Weg nach drinnen auszudenken. Ich hatte Pläne für ein Katapult gezeichnet, das groß genug wäre, Fritzen über die Mauer zu schleudern. Aber ich hatte nicht genug Kleingeld für das Material und das Werkzeug, um es zu bauen.« Der Gnom griff nach Maques Hand und begann die junge Frau vom Palast wegzuziehen. »Natürlich hatte ich auch noch keine rechte Idee, wie Fritzen zurückkehren sollte, weil doch auf der anderen Seite kein Katapult ist.«

Im Gehen schenkte Fritzen den anderen ein schiefes Lächeln. Lendle hatte ihm die Fäden gezogen, so daß nur noch ein leicht roter Wulst darauf hinwies, daß er eine klaffende Wunde im Gesicht gehabt hatte. »Die Stadtwachen haben abgelehnt, uns irgendeine Hilfe zukommen zu lassen. Sie sagten, was hinter Attats Mauern vorgeht, wäre ganz allein seine Sache. Ich hatte gerade einen Frontalangriff vorgeschlagen: Die Mannschaft zusammentrommeln und das Vordertor stürmen. Ich hätte Lendle wohl auch dazu überreden können, aber dann kamt ihr gerade heraus.« Er schenkte Maque einen besorgten Blick. »Ihr wart sechzehn Tage weg. Wir dachten wirklich, wir müßten euch alle retten kommen. Und ihr seht auch aus, als hättet ihr eine Rettung gebrauchen können.«

Lendle blieb stehen und fuhr herum. Er ließ Maques Hand los und starrte zu ihr hoch. »W-warte!« stammelte er. »Wartewartewartemal.« Er warf hastig einen Blick zurück zum Palast. »Wo ist Melas? Wo ist Averon? Wasistmitdenanderen?« Lendle begann, sie nach bester Gnomenart mit Fragen zu überschütten. »WosindsieMaquestaKarThon?«

Maquesta entfernte sich weiter mit großen Schritten von Attats Haus. »Immer langsam, Lendle. Auf diese Fragen gibt es keine einfache Antwort. Reden wir lieber darüber, wenn wir wieder auf der *Perechon* sind.«

Der Weg zur Werft war lang, und Maquestas Schritte wurden immer langsamer. Schließlich überfiel die Erschöpfung sie mit überwältigender Macht, und sie mußte sich vor einer Taverne auf eine Bank setzen. Doch sie blieb nur einen Augenblick dort sitzen, bis sie wieder zu Atem gekommen war, dann stand sie auf. Sie zwang sich, einen Fuß vor den anderen zu setzen, damit sie zu den Piers zurückkamen. Vartan und Hvel gingen genauso langsam, baten sogar von Zeit zu Zeit um eine Verschnaufpause. Lendle und Fritzen wunderten sich über die schlechte Verfassung der drei, aber Maquesta war nicht in der Stimmung, ihnen alles zu erklären und ihnen so die Sorgen zu nehmen.

Maquesta, Vartan und Hvel erhoben keine Einwände, als Fritzen sagte, er würde das Beiboot allein zur *Perechon* zurückrudern. Seine kräftigen Schläge brachten sie schnell näher an das Schiff heran, während die drei sich zusammenkauerten und versuchten, nicht einzudösen.

Sobald sie an Bord waren, setzte sich Maquesta an Deck auf ein Wasserfaß und winkte Lendle zu sich. Sie reichte dem Gnom den Ledersack, den sie getragen hatte. Von Neugier getrieben, griff er augenblicklich danach und spähte hinein. In dem großen Beutel waren Mehl, Bohnen, Trockenfleisch, Gewürze und andere Lebensmittel, die Lendle einen Freudenschrei entlockten. Ein kleinerer Beutel auf dem Boden des Sacks enthielt drei Dutzend Stahlstücke. »Für Proviant«, erklärte Maque dem Gnom. »Hiermit ernenne ich dich zum Schatzmeister. Du gehörst zur Familie, dir kann ich vertrauen.«

Lendle sah sie forschend an. »VonwemstammtdasMaquestaKarThon?« Die Worte sprudelten nur so aus ihm heraus. »WersollteunsVorräteundMünzengeben? WoistdeinVater? HastduArbeitfürunsgefunden? HaterArbeitfürunsgefunden? Wasisteuchzugestoßendaßihrsosausseht? Wokommtdas-Zeughierher?«

»Von einem Teufel«, erwiderte Maquesta ruhig. »Wir arbeiten für einen Teufel.« Sie stand auf und sah ihren Gnomenfreund an. »Vorläufig bin ich Kapitän der *Perechon*. Ich muß dich zum Einkaufen losschicken. Ich vertraue deinem Urteilsvermögen. Wir werden ein paar Wochen unterwegs sein, um etwas zu beschaffen. Sorg dafür, daß wir genügend Vorräte an Bord haben, um den Männern den Bauch zu füllen, damit alle zufrieden sind. Ich gehe jetzt in meine Kabine und nehme ein heißes Bad. Ein sehr *langes*, heißes Bad. Wir reden, wenn du zurückbist.«

Damit ließ Maquesta Lendle stehen, der immer noch ein Dutzend Fragen gehabt hätte, auf die er Antworten wollte. Maque wusch sich, warf die Kleider fort, die sie die letzten zwei Wochen getragen hatte, und fiel dann einfach in ihre Koje, wo sie einen halben Tag lang schlief.

In Wahrheit hätte sie noch viel länger schlafen können, aber als Lendle an die Tür klopfte, wachte sie auf. Ohne ihr »Herein« abzuwarten, eilte der Gnom mit einem Krug Gerbtee in die Kabine. Als sie gähnend die Beine über den Rand ihrer Koje schwang, schob er ihr das dampfende Gebräu unter die Nase. Der beißende Geruch des Tees stieg Maque zu Kopf und machte sie hellwach. Sie nahm einen Schluck. »Was ist das?«

»Ganzegaltrinkeseinfach«, mahnte Lendle. »Wirddirhelfen gesundzuwerden.«

»Ich fürchte, dazu brauche ich mehr als eine starke Tasse Tee«, bedauerte Maquesta.

Lendle nahm die Haltung eines aufmerksamen Zuhörers an, die zu einem Geständnis ermutigt. Und schließlich lieferte Maquesta ihren Bericht ab von Attats Palast, dem Kampf, Averons Tod, den Schrecken des Verlieses, der bevorstehenden Suche nach dem Morkoth und den zusätzlichen Mannschaftsmitgliedern, die sie erwartete.

»Morgen bei Sonnenuntergang müssen wir wieder bei Attat sein, um Vater und die neuen Mannschaftsmitglieder abzuholen. Übermorgen früh müssen wir dann zum Auslaufen bereit sein«, sagte Maque. »Ich sollte lieber die Mannschaft zusammenrufen und alles erklären, worum es geht, damit wir sehen, ob jemand abspringen möchte. Ich hoffe jedoch, es werden alle bleiben. Wir haben schon zu viele Männer verloren.«

Lendle nickte zustimmend, während er die wunden Stellen an Maques Schultern und Armen – eine Folge der ständigen

Feuchtigkeit und des erheblichen Insektenvorkommens im Verlies – mit einer wohlriechenden Salbe einrieb.

»Was ist mit Fritzen Dorgaard?« fragte Maque. »Ist er ganz wiederhergestellt?«

»Sein Körper heilt erstaunlich schnell. Aber seine Seele nicht, fürchte ich«, antwortete Lendle. »Allerdings trägt er immer eine fröhliche Maske zur Schau, um die vielen Narben in seinem Inneren zu verbergen. Ich denke, er wird dankbar sein, wenn er etwas zu tun hat, und ich vermute, er bleibt bei der Mannschaft. Seitdem die *Torado* untergegangen ist, hat er nichts mehr. Er ist ein erfahrener Seemann und wird dir eine große Hilfe sein.«

Maquesta streckte nach beiden Seiten die Arme aus, dann zog sie sie zurück und befühlte ihre Rippen. Sie hatte Hunger und mußte dringend etwas essen, doch zuvor gab es wichtigere Dinge zu tun. »Ich muß die Mannschaft auf das Auftauchen der Meerelfe vorbereiten«, überlegte Maque laut. »Wenn sie sich nicht allzu hochnäsig verhält, werden sie ihre Künste bald zu schätzen wissen. Während des Kampfes in Attats Palast hat sie für uns getan, was sie konnte. Ich glaube, sie hat Vater vor dem Tode bewahrt. Dem Schattenmann jedoch traue ich nicht.« Maque runzelte die Stirn, als sie an Ilyatha dachte. »Er war es, der unseren Fluchtversuch vorhergesehen und uns an Attat verraten hat. Er war es auch, der den Windtanz auf der Flöte gespielt hat, durch den wir das Rennen überhaupt nur verloren haben. Du mußt mir helfen, ihn genau im Auge zu behalten, Lendle. Und versuch dich auf einfache Dinge zu konzentrieren, wenn er in der Nähe ist. Er kann Gedanken lesen.«

»Ich glaube nicht, daß mir das gefallen wird, Maquesta Kar-Thon«, sagte der Gnom, wobei er sich große Mühe gab, langsam zu sprechen.

»Habe ich dir eigentlich schon erzählt, daß ein Minotaurenseemann mit uns fahren wird?«

»Ein Minotaurus?« echote Lendle stirnrunzelnd. »Und welche magischen Fähigkeiten hat *der*? Ich weiß nicht, ob ich auf minotaurische Hilfe so erpicht bin, nach allem, was ich darüber gehört habe, wie Attat und seine Lakaien euch behandelt haben.«

»Wieso? Haben Hvel und Vartan schon mit dir geredet? Waren sie vor mir wieder wach?«

Lendle nickte nachdrücklich. Maque runzelte die Stirn. Sie wollte nicht, daß es den Anschein hatte, sie brauche mehr Ruhe als ihre Männer.

Meine Männer, dachte sie. Mein Schiff.

»Ich glaube, Hvel und Vartan wurden weniger schlecht behandelt als du«, sagte Lendle, der ihre Sorge verstand. »Bei den Geschichten, die sie über diesen Palast und seine Bewohner erzählt haben, standen mir allerdings die Haare zu Berge«, fügte er hinzu.

Maque verzog das Gesicht. »Ja, aber dieser Minotaurus, Bas-Ohn Koraf, er gehört nicht zu Attats grausamen Speichelleckern. Er war sein Gefangener. Und er hat uns geholfen, aus dem Kerker auszubrechen. Er ist eine häßliche Kreatur, aber ganz anders als Attat, glaube ich«, entgegnete Maque.

»Vor Attat müssen wir auf der Hut sein, selbst morgen, wenn wir vorgeben zu kommen, um seinem Gebot zu folgen«, sagte Lendle. »Der ist außen glatt, aber im Kern von Grund auf böse, giftig und hinterlistig. Wenn er nicht Melas in der Hand hätte, würde ich sagen, wir sollten einfach mit der *Perechon* abfahren, die Schuld vergessen und abwarten, ob er uns erwischt.«

Maque spitzte die Lippen. »Also haben Vartan und Hvel euch von Vater erzählt?«

Der Gnom nickte traurig.

Maquesta stand auf dem Oberdeck. Gerade hatte sie der Mannschaft der *Perechon*, die unter ihr auf dem Hauptdeck versammelt war, alles erzählt, was auf sie zukommen würde, wenn sie unter Maquestas Kommando auf dem Schiff bleiben wollte. Schon bevor sie zu sprechen begonnen hatte, hatte Maque gespürt, daß die Matrosen ihr einen ganz anderen Respekt als früher entgegenbrachten, denn die Geschichte von Vartan und Hvel, wie sie den Fluchtversuch aus Attats Verlies angeführt hatte, war inzwischen jedem an Bord bekannt.

»Will jemand nicht mit mir auslaufen? Weder ich noch Melas werden es euch verdenken. Wenn er wieder selbst in See sticht, bin ich sicher, daß ihr euch der Mannschaft wieder anschließen könnt. Niemand wird euch etwas nachtragen.«

Das Schweigen der Männer freute Maquesta.

Fritzen sprang auf die Treppe, die vom Haupt- zum Oberdeck führte. »Ein Hoch auf den neuen Kapitän der *Perechon*!« rief er. »Wenn wir die Augen schließen, ist es ganz so, als würden wir von Melas Kar-Thon selbst befehligt. Aber wenn wir sie wieder aufschlagen, wissen wir, daß wir es viel besser getroffen haben!«

Die Matrosen brachen in Jubel und Hochrufe aus.

Maque lief rot an und lächelte breit. »Nur daß der erste Seemann auf dieser Reise, der mit geschlossenen Augen zu segeln versucht, sofort Bullenhaifutter ist«, rief sie unter noch lauterem Gelächter aus. »Nun wir uns alle einig sind, daß wir diese Reise antreten wollen – an die Arbeit!«

Fritzen, der eine gute Figur machte, verbeugte sich geziert vor Maquesta, als sie auf der Treppe an ihm vorbeikam. Seine bronzefarbene Haut hatte einen leichten Grünstich, der Lendle zufolge bei einem Halboger auf Gesundheit hindeutete. Er hatte sich die langen, blonden Haare säuberlich zu einem Zopf geflochten und mit einem neuen Lederriemen festgebunden, und er hatte sich den strähnigen Schnurrbart abrasiert, der ihm über die Lippe gehangen hatte. Maque deutete ihrerseits eine Verbeugung an, dann eilte sie in die Kombüse. Sie war völlig ausgehungert und hatte beschlossen, daß es jetzt endlich an der Zeit war, ihren knurrenden Magen zu füllen.

Fritzen war nicht bei Maquesta, als diese spät am nächsten Nachmittag zu Attats Palast aufbrach. Er hege keinerlei freundliche Gefühle gegenüber Minotauren, sagte er. »Lieber segle ich zu deiner Rettung an, als daß ich dich selbst in Gefahr bringe, indem ich vor diesem abscheulichen Pack die Beherrschung verliere.«

»Du solltest lieber versuchen, diese Ablehnung in Bausch und Bogen zu überwinden«, sagte Maque zu ihm, als sie und Lendle in das Beiboot stiegen. »Denk daran, einer von ihnen wird sich der Mannschaft anschließen, und wir haben schon genug zu tun, ohne daß wir uns auch noch gegenseitig bekriegen.«

»Ich denke, mit *einem* Minotaurus kann ich leben«, erwiderte Fritzen schlicht. »Hier ist er in der Minderheit.«

Eifer und Sorge hielten sich die Waage, als Maquesta und Lendle vorsichtig Attats Anwesen betraten. Diesmal standen mehr Posten im Hof, fiel Maque auf, und sie waren viel schwerer bewaffnet. Sie grinste in sich hinein. Vielleicht hatte es den Minotaurenlord erschreckt, daß sie zwei von seinen Lakaien getötet hatte. Sie konnte es nicht erwarten, ihren Vater zu sehen, aber bei der Vorstellung, wieder vor Attat zu stehen, wurde ihr flau im Magen.

Als sie dieses Mal den großen Saal betrat, waren Attats »Haustiere« nicht da. Auf dem Podest am anderen Ende des Raumes standen zwei Stühle, und auf einem davon saß – von Kissen gestützt und in eine leichte Decke gehüllt – Melas. Seine Schulter war sorgfältig verbunden. Mit Freudentränen im Gesicht rannte Maquesta zu ihm hin. Doch er döste, und sie beschloß, ihn nicht zu wecken. Als sie ihn genauer ansah, hatte sie das Gefühl, beobachtet zu werden. Sie warf einen Blick in den düsteren Alkoven links von sich, und da stand Ilyatha, der offensichtlich auf Melas aufpaßte.

Maque sah schnell von dem Schattenmenschen weg und

versuchte die Feindseligkeit zu verdrängen, die bei seinem Anblick in ihr hochgestiegen war. Sie spürte jedoch, daß ihre Bemühungen vergeblich waren.

Dein Vater schläft schon eine ganze Weile. Er dürfte jeden Moment aufwachen.

Maque hörte die Worte deutlich, sah aber, daß der Schattenmensch die Lippen nicht bewegt hatte. Sie sah weiter auf Melas herunter und weigerte sich, Ilyathas Worte zur Kenntnis zu nehmen. Aber Lendle, der mit seinen kürzeren Beinen gerade erst das Podest erreicht hatte, drehte schnell den Kopf hin und her, um herauszufinden, wer gesprochen hatte.

Maque nickte in Ilyathas Richtung. »Er ist ein Telepath, schon vergessen?«

Lendle wanderte mit sichtlicher Neugier zum Schattenmenschen hinüber, um ihn sich näher anzusehen. Maque »hörte«, wie Ilyatha den Gnomen begrüßte. Kurz darauf schlug ihr Vater die Augen auf, und Maque achtete nicht mehr darauf, was zwischen Lendle und Ilyatha vorging. Ein breites Lächeln zeigte sich auf Melas' aschgrauem Gesicht, als er sich vorbeugte, um seine Tochter zu umarmen, obwohl ihm dies Schmerzen zu bereiten schien. Trotz seiner offensichtlichen Schwäche sah er erheblich besser aus. Vater und Tochter plauderten über das, was auf der *Perechon* geschehen war, und zum ersten Mal seit über zwei Wochen war Maquesta glücklich.

»Wo ist Attat? Hat man uns nicht gemeldet?« fragte sie schließlich, denn eigentlich wollte sie nur ihren Vater und die anderen mitnehmen und so schnell wie möglich verschwinden.

»Er läßt Besucher gerne warten, besonders Menschen«, sagte Melas. »Aber er war in den letzten zwei Tagen sehr gut zu mir, Maquesta.«

»Ja, gewiß, er hatte sicher seine Gründe. Und vergiß nicht, er hatte viel wieder gutzumachen.«

»Der eigentliche Dank gebührt Ilyatha. Er hat mich Tag und Nacht gepflegt. Und die Umschläge, die er gemacht hat, haben an meiner Schulter Wunder gewirkt. Ich glaube, Lendle könnte einiges von ihm lernen.«

Tatsächlich schienen die lebhaften Gebärden des Gnomen darauf hinzudeuten, daß er gerade in ein entsprechendes Gespräch mit dem Schattenmenschen vertieft war.

Ein Sklave betrat den Saal. Er brachte einen Brief an Maquesta. Als sie ihn öffnete, ließ eine kühne, krakelige Schrift – die vermutlich Attat gehörte – sie wissen, daß der Minotaurenlord sich verspäten würde, weil er für Melas etwas Besonderes vorbereitete. Maque dürfe gern im Saal warten oder sich den Garten ansehen. Attat würde sich bald zu ihr gesellen.

Maque schnaubte vor Ungeduld. Als sie jedoch von dem Brief aufsah, war Melas schon wieder eingedöst.

Das macht er sehr oft. Dein Vater braucht Schlaf, um gesund zu werden.

Wieder machte Maque keine Anstalten, sich mit Ilyatha zu unterhalten, wollte ihm nicht einmal die Hilfe für ihren Vater zugute halten. Sie winkte Lendle zu sich und Melas herüber, denn sie wollte sich den Garten ansehen, um dem Gefühl zu entkommen, daß jemand ihre Gedanken belauschte.

Ich würde dir gern etwas zeigen, Maquesta Kar-Thon. Würdest du mir das gestatten?

Die Bitte erreichte Maque, als sie gerade durch die Glastür in den Garten gehen wollte. Ilyatha war an der verhängten Seite des Saals entlanggegangen, bis er an einem Fenster angelangt war.

Maque seufzte und nickte. Der Schattenmensch würde auf der *Perechon* mitfahren, und sie mußte sich an seine Gegenwart gewöhnen. Das hieß aber noch lange nicht, daß sie damit einverstanden war.

Siehst du diese Steingebilde im Garten?

Maque nickte, bevor sie sich daran erinnerte, daß sie dem Schattenmenschen ihre Antwort gar nicht zu zeigen brauchte.

Schau sie dir an, wenn du in den Garten gehst, dann komm zurück, und ich verrate dir, was du gesehen hast.

Mir verraten, was ich gesehen habe! Maque schäumte angesichts der Arroganz dieses Wesens. Ungestüm stieß sie die Tür auf und trat in das einladend warme Sonnenlicht.

Attats Garten war wirklich zauberhaft. Er war nicht nur mit Blumen und Büschen, sondern auch mit einzelnen schönen Skulpturen ausgestattet. Immer noch aufgebracht wegen Ilyatha, entsprach Maque seiner Bitte erst, als sie das Gefühl hatte, daß sie langsam wieder hineingehen und auf Attat warten sollte.

Zuerst bemerkte sie nichts Besonderes an den Steingebilden. Dann stellte sie fest, daß eine Reihe davon in Wirklichkeit ausgehöhlt waren und daß vor einigen Öffnungen Gitter angebracht waren. Von der größten Steinformation ging ein klägliches Wimmern aus. Es klang wie ein Tier, das Schmerzen litt. Wegen ihrer Ausrichtung lag die Höhle den größten Teil des Tages im Schatten. Aber um diese Zeit des Nachmittags, wenn die Sonne am Himmel zu sinken begann, fielen starke Lichtstrahlen in das Innere der Höhle.

Auf dem Höhlenboden lag ein Wesen wie Ilyatha, nur kleiner, zarter und weiblich, mit angezogenen Knien auf der Seite. In dem vergeblichen Versuch, die Sonne abzuschirmen, hatte das Wesen einen Arm mit der daran festhängenden Membran ausgestreckt. Es schien furchtbare Schmerzen zu leiden, und Maque hätte ihm gerne geholfen. Das Wimmern hörte auf, als Maque die Gitterstäbe erreichte. Das kleine Schattenmädchen hob den Kopf und reckte ihn zum Höhleneingang hin. Seine Augen waren geöffnet, aber es schien nichts zu sehen. Entsetzt stellte Maque fest, daß es blind war.

Vater? fragte das Schattenmädchen zaghaft. Dann, als es

Maquestas Gedanken erforschte und begriff, daß nicht sein Vater, sondern eine Fremde gekommen war, legte es den Kopf wieder auf den Boden und begann zu wimmern.

Maquesta eilte in den großen Saal zurück. Ilyatha begann, zu ihr zu sprechen, noch bevor sie eingetreten war.

Das ist Sando, meine Tochter. Wir leben in einer unterirdischen Schattenmenschengesellschaft auf der anderen Seite von Mithas. Schattenmenschen können kein Sonnenlicht vertragen. Wir wagen uns nur bei Nacht an die Oberfläche der Welt, wenn die verhaßten Sonnenstrahlen nicht zu sehen sind. Ich erinnere mich mit Grausen an die Nacht, in der Sando mich überzeugt hat, daß sie mich auf einer Expedition begleiten sollte, von der ich eine Skulptur mitbringen wollte. Das Stück, das wir im Sinn hatten, stand in Attats Garten. Es war als Geschenk für einen Freund von mir bestimmt, und ich hatte Edelsteine mitgebracht, die ich im Austausch dafür zurücklassen wollte. Ich wollte nichts stehlen. Aber Attats Wachen haben uns gefaßt. Er gestattet mir, mich frei auf seinem Gelände zu bewegen, weil er Sando in dieser Höhle festhält. Jeden Nachmittag fällt für zwei Stunden Sonnenlicht in die Höhle. Für Sando ist es eine Qual, zu der man nicht einmal Folterinstrumente braucht. Auch für mich ist es eine Qual. Das Sonnenlicht läßt Sando jeden Nachmittag erblinden. Über Nacht erholt sie sich wieder, aber ich fürchte, daß diese tägliche Marter sie irgendwann endgültig blind oder womöglich zum Krüppel machen wird. Attat hat versprochen, Sando aus der Höhle zu lassen, wenn ich euch bei der Suche nach dem Morkothen helfe. Ich weiß, daß ich das Gleichgewicht von Recht und Unrecht verletzt habe, als ich euren Fluchtversuch meldete. Das tut mir leid. Aber andernfalls hätte ich das Leben meiner Tochter aufs Spiel gesetzt.

Am Ende dieser Erklärung mußte Maquesta nicht mehr versuchen, ihre Empfindungen vor Ilyatha zu verbergen. Sie ließ ihr ganzes Mitgefühl zu ihm hinüberströmen.

»Ich wünsche dir alles erdenklich Gute, Maquesta Kar-Thon.« Attats Worte klangen hohl. Aber er setzte seine Rede mit aufgesetztem Frohmut und geheuchelter Sorge fort. Maque, Melas, Lendle, Ilyatha, Tailonna und Bas-Ohn Koraf waren vor dem Podest versammelt und sahen den Minotaurenlord an. Heute trug er eine bestickte Tunika, die an Kragen, Armausschnitten und Saum mit schwarzen Perlen geschmückt war. Seine Hände stellten noch mehr Ringe zur Schau als beim letztenmal, und um seinen Hals lag ein dicker, mit purpurfarbenen Steinen besetzter Silberreifen. Ein Mantel aus schönem Satin hing von seinen Schultern herab. Für Maque war offensichtlich, daß er sich königlich gekleidet hatte, um seine gehobene Stellung zu verdeutlichen.

Attat hob die Hand, woraufhin ein Minotaurenschamane in einer roten Robe, die mit Federn und Glasperlen bestickt war, hinter dem Podest hervortrat. In einer Hand hielt er einen kleinen Beutel, aus dem er ein Pulver über Tailonnas Handschellen rieseln ließ, so daß die Ketten von selbst aufsprangen. Zum ersten Mal, seit Maque der Meerelfe begegnet war, sah sie die Andeutung eines Lächelns auf deren blauen Lippen.

»Jetzt ist es jedem gestattet, mit dir zu ziehen, Maquesta, einschließlich Koraf. Es gibt Zeiten, wo schiere Kraft ohne viel Verstand angesagt ist. Wenn Koraf mit euch geht, seid ihr gut dafür gerüstet, den Morkoth zu fangen. Ich bin jedoch jemand, der sich immer viel Sorgen macht. Deshalb möchte ich bei einer solchen Herausforderung gern eine Sicherheit haben.« Der Minotaurenlord schnippte mit den Fingern, woraufhin die Armreifen an seinen Handgelenken unmelodisch klirrten.

Sofort traten zwei Wachen vor, ergriffen Melas und warfen ihn auf den Rücken. Eine dritte sperrte ihm den Mund auf, und zwei weitere Wachen stellten sich vor Maquesta auf, damit diese sich nicht einmischen konnte. Der Schamane trat neben Melas. Diesmal hatte er ein Fläschchen mit zähflüssigem, schwarzem Inhalt in der Hand, den er Melas in den Rachen kippte. Entsetzt stürzte Maquesta an den Wachen vorbei und kauerte sich neben ihren Vater. Der würgte und lag dann keuchend still. Maque half ihm auf die Beine. Die frischere Farbe, die sein Gesicht während der vergangenen Tage überzogen hatte, war wieder verschwunden und hatte einem kränklichen Grau Platz gemacht.

»Was habt Ihr getan?« schrie Maque den Schamanen an. Wütend starrte sie Attat an. »Wir hatten eine Abmachung, und das hier gehörte nicht dazu!«

Der Minotaurenlord kam langsam näher, dann sah er über seine Stiernase hinweg auf Maquesta herab. »Dein Vater bleibt hier. Und um sicherzustellen, daß du auch wirklich vom eirichtigen Anreiz beflügelt wirst, haben wir ihm eine Dosis eines langsam wirkenden Giftes verabreicht – einen Trank aus Stickkraut«, zischte Attat böse. Er hielt ein anderes Fläschchen hoch, das eine goldene Flüssigkeit enthielt. »Du hast dreißig Tage Zeit, um den Morkothen zu fangen. Innerhalb dieser dreißig Tage kann das Gegengift deinen Vater retten. Wenn es länger dauert, nun …« Der Minotaurus zuckte mit den Schultern. »Wenn ihr länger als dreißig Tage braucht, wird Melas es nicht überleben.«

In einem etwas baufälligeren Anwesen nicht weit von Attats Palast entfernt traf sich derweil ein ganz anders gearteter Minotaurenlord mit einem Piraten namens Mandrakor der Räuber.

In einer abgetragenen, braunen Robe mit einer übergroßen Kapuze, die seine Identität verbergen sollte, ging Chot Es-Kalin zu dem verschlossenen Schreibtisch in dem schäbigen Büro und nahm ein leicht gewelltes Pergament zur Hand. Nachdem er den Brief hin und her gedreht hatte, warf er ihn dem Piraten zu, einem grimmig aussehenden Halboger, der auf einem wackligen Holzstuhl saß.

»Warum schickt man mir Informationen in dieser Form? Das ist wertlos!« fauchte Chot. Er fuchtelte bekräftigend mit seinen langen Armen durch die Luft und spuckte in Richtung von Attats Palast. Chot sprach Minotaurisch, die einzige Sprache, die er fließend beherrschte. Er stampfte mit dem Huf auf und sah den Piraten finster an.

Mandrakor überflog das Papier eilig, dann stand er auf. »Hier steht, daß Attat wieder einmal eine Suchmannschaft nach einer seiner Raritäten ausschickt – vor die Küste von Saifhum.« Der Pirat lachte höhnisch. »Er will nur wieder seine Menagerie erweitern. Vielleicht ist er hinter einem Bullenhai her oder hinter einer zweiten Meerelfe. Er schickt die *Perechon* los, ein Schiff, das er vor kurzem nach dem Rennen erworben hat. Das ist für uns bedeutungslos.«

»Die Mannschaft des Schiffes?« hakte der Minotaurus nach.

»Menschen«, erwiderte Mandrakor. »Dieselbe Mannschaft, die bisher schon mit dem Schiff gefahren ist, nur arbeitet sie jetzt für Attat.«

Der Minotaurus riß dem Piraten das Pergament aus der Hand und zerknüllte es wütend. »Natürlich ist es von Bedeutung für uns! Er ist hinter etwas Gefährlichem her, sonst hätte er eine Minotaurenmannschaft ausgeschickt. Folge ihnen und vernichte sie, wenn du kannst!« befahl Chot. »Das ist genau der richtige Weg, um Attat zu treffen – wir hindern ihn daran, etwas zu bekommen, was er offenbar unbedingt haben will.«

Mandrakor wirkte überrascht. »Wir haben andere, dringendere Geschäfte in diesen Gewässern. Ich glaube nicht, daß unsere Freunde glücklich wären, wenn wir dort Unruhe stifteten … jetzt schon«, wandte Mandrakor mit einschmeichelnder Stimme ein.

»Es spielt keine Rolle, was *sie* glücklich macht. Ich bin nicht ihr Lakai, aber du bist meiner! Und Attat bei allem, was er anpackt, Steine in den Weg zu legen macht mich glücklich«, fuhr der Minotaurus ihn an. »Und überhaupt sollte ein begabter Halboger wie du in der Lage sein, jeden zufriedenzustellen: unsere Freunde, dich … und *mich.* Jetzt geh!«

Kapitel 7
Unterwegs auf dem Blutmeer

Maquesta, die immer noch unter Schock stand, weil Attat ihren Vater vergiftet hatte, sagte wenig, während sie zur *Perechon* zurückkehrten. Lendle trottete neben ihr her. Koraf zog den Käfig hinter sich her, den Attat ihnen für den Morkoth mitgegeben hatte, und Ilyatha und Tailonna folgten in einigem Abstand. Niemand redete, so daß ihr Zug wie eine Beerdigungsprozession aussah. Einmal blickte Maquesta sich um. Wenn diese merkwürdig zusammengewürfelte Gruppe den Kern ihrer Kampftruppe darstellen sollte, hatte sie ein Problem, und das Leben ihres Vaters war in höchster Gefahr.

Bis sie zur *Perechon* hinausgerudert waren, war die Dämmerung hereingebrochen.

»Wo ist Melas?« fragte Fritzen, als er den Landgängern an Bord half.

»Trommle die Mannschaft auf dem Hauptdeck zusammen«, lautete Maques kurz angebundene Antwort.

Maque bedeutete den anderen, ihr zu folgen. Sie führte sie auf das obere Achterdeck, wo sie warteten, bis die Matrosen sich unten versammelt hatten. Die meisten starrten Bas-Ohn Koraf an, und in ihren Blicken lag eine Mischung aus Überraschung, Verwirrung, Furcht und Argwohn.

»Melas wird uns nicht begleiten«, gab Maquesta bekannt, als sie alle beieinander waren. »Lord Attat hat ihn vergiftet. Mein Vater stirbt eines langsamen Todes, und Attat wird ihn nicht retten, wenn wir auf der Jagd nach dem Morkoth erfolglos bleiben.«

Wütendes Gemurmel erhob sich unter den Seeleuten, von denen viele auf Koraf zu zeigen begannen. Sie flüsterten »Spion«, »Ungeheuer« und »Gesindel«. Die verständnislosen, ängstlichen Blicke wichen dem Haß. Die Feindseligkeit an Bord war fast mit Händen zu greifen, und Maque tat ihr Bestes, sie zu zerstreuen, obwohl sie feststellte, daß selbst Fritzen den Minotaurus argwöhnisch ansah. »Wir haben dreißig Tage Zeit. Wenn wir Lord Attat das Tier binnen dieser Frist bringen, wird Melas überleben. Ich beabsichtige, nur zwanzig Tage fortzubleiben.«

Dann ging sie dazu über, die neuen Mannschaftsmitglieder vorzustellen, zuletzt Bas-Ohn Koraf. »Für die Dauer dieser Reise wird Koraf mein Erster Maat sein.« Hohngelächter, Zischen und »Nein«-Rufe drohten Maquestas Worte zu übertönen, aber sie biß die Zähne zusammen und hielt ruhegebietend die Hände hoch. Dann fuhr sie fort: »Er hat die Position verdient, und ihr werdet ihn mit gebührendem Respekt behandeln. Ich habe mehr Grund, die Minotauren zu hassen, als ihr. Ilyatha und Tailonna werde ich Pflichten zuweisen, sobald ich ihre Künste besser verstehe. Denkt immer daran, daß wir alle so reibungslos wie möglich zusammenarbeiten und unser Bestes geben müssen. Auf dieser Reise ist kein Platz für Feindseligkeiten. Jeder, der diese Anweisungen nicht befolgen kann, sollte noch vor der Morgendämmerung von Bord gehen. Denn dann lichten wir den Anker.«

Im ersten Morgenlicht, als die Fischereiflotte am Südende des Hafens sich auf ihre tägliche Arbeit vorbereitete, glitt die *Perechon* an den Galeeren und Handelsschiffen entlang, durch das brackig braune Wasser des Hafens der Hörnerbucht, an den Wellenbrechern vorbei und schließlich auf die offene See hinaus.

Nach einer schlaflosen Nacht, in der sie wiederholt ihre Entscheidung, Koraf zu ihrem Stellvertreter zu machen, hinterfragt hatte, übernahm Maque das Ruder. Sie hatte überlegt, ob sie Fritzen zum Ersten Maat hätte ernennen sollen, aber Lendle hatte sie an die anhaltende Niedergeschlagenheit des Halbogers erinnert und ihr geraten, ihm nicht zu früh zuviel Verantwortung zu übertragen. Dennoch war sie am Vorabend noch mit Fritzen ihre Navigationsroute durchgegangen. Sie plante, zwischen der südlichsten Spitze von Saifhum und dem Äußeren Ring des Mahlstroms hindurchzusegeln, der das Wasser im Zentrum des Blutmeers über dem Punkt aufrührte, wo die alte Stadt Istar gestanden hatte, ehe sie während der Umwälzung als Strafe für ihre Arroganz zerstört worden war. Der Mahlstrom setzte sich zu seinem Mittelpunkt hin, dem Herzen der Finsternis, wie die Seeleute ihn nannten, in immer stärkeren Ringen fort. Jedes Schiff, das den Äußeren Ring streifte, ging das Risiko ein, von dem ständigen Sturm, der über dem Mahlstrom tobte, mitgerissen und auf den Grund des Blutmeers geschleudert zu werden. Die Route, die Maquesta vorsah, war riskanter als der Kurs um die Nordspitze der Insel Saifhum, der auch zu der Kuo-Toa-Kolonie geführt hätte. Aber diese gefährlichere Route würde viel Zeit sparen. Bas-Ohn Koraf und Fritzen hatten widerwillig zugestimmt.

Noch bevor die Sonne ihren Aufstieg am Himmel begann, gesellte sich Ilyatha auf dem oberen Achterdeck zu Maque. Obwohl das Licht noch gedämpft war, trug er seine Kapuze weit nach vorn gezogen, um sein Gesicht abzuschirmen. Außerhalb von Attats Palast mit seinen gewaltigen Minotauren wirkte der Schattenmensch eindrucksvoller. Er war ein gutes Stück größer als Maquesta, und der Mantel, der sich im Wind um ihn aufblähte, verlieh ihm ein gespenstisches Aussehen. Zum ersten Mal, seit sie ihn kennengelernt hatte, sah Maque, wie er die Lippen bewegte, um hörbare Worte zu sprechen.

»Ich muß unter Deck bleiben, solange hier Tageslicht herrscht, aber wenn du mich brauchst, denk einfach meinen

Namen. Ich werde sofort Bescheid wissen und helfen, so gut ich kann.« Seine Stimme war weich und volltönend, eine Wohltat für Maquestas Ohren.

Maque lächelte dankbar. Sein Angebot tröstete sie. Doch bevor sie etwas erwidern konnte, war er verschwunden.

Je nach Wetter erwartete Maquesta, daß sie den Äußeren Ring früh am nächsten Morgen erreichen würden. Forschend betrachtete sie den Himmel. Eine perlgraue Seemöwe kreiste hoch über ihrem Kopf und folgte der *Perechon* aus dem Hafen hinaus.

Nach einem ereignislosen Tag und einer unangenehmen Essenspause, in der fremde Gesichter und böse Erinnerungen die frühere Kameradschaft an Bord verdrängten, zog sich Maquesta in ihre Kabine zurück. Voll bekleidet legte sie sich auf ihre Koje und fiel augenblicklich in einen tiefen Schlaf. In der Nacht jedoch wurde sie von dem verstärkten Schlingern der *Perechon* und einem lauten Hämmern an ihrer Kabinentür geweckt.

»Maquesta! Steh lieber auf!« rief Fritzen. »Koraf braucht dich an Deck!« Noch bevor sie richtig wach war, erkannte Maque an der Art, wie die *Perechon* kippte und hin und her rollte, daß ein Sturm aufgekommen war. Regen überzog die Pfortluken, und der Wind heulte, als wäre er lebendig. Ein Blick durch ein Bullauge verriet Maque, daß es noch dunkel war. Sie konnten den Rand des Mahlstroms noch nicht erreicht haben. Sie rieb sich die Augen und schüttelte sich den Schlaf aus den Gliedern, bevor sie an die Tür ging. Fritzens drängender Ruf ärgerte sie. Was hatte er eigentlich? Er und Koraf konnten doch bei einem Sturm mit dem Schiff allein fertigwerden.

»Ich komme ja schon, Fritzen, ich komme …« Ein schrilles Schreien und Keckern durchschnitt das Heulen des Windes. Alarmiert riß Maque die Kabinentür auf. Sie erreichte Fritzen gerade rechtzeitig auf dem Hauptdeck, um im Aufleuchten eines Blitzes eine makabre Szene zu sehen. Das unheimliche Licht enthüllte einen roten Nebel, der von allen Seiten über das Deck quoll. Die rote Wolke brachte ein fast unerträgliches Kreischen und Jaulen mit sich. Unter Maques Augen überzog der Nebel das Deck und begann die Masten hochzuwirbeln. Als er ihre Füße erreichte, kroch ihr ein klammes, kaltes Gefühl den Rücken hoch.

Dann nahm der Nebel plötzlich feste Form an – besser gesagt, Dutzende fester Formen: kleine rote Gestalten mit Hörnern, Klauenhänden, langen scharfen Schwänzen und winzigen spitzen Zähnen. »Blutmeerteufelchen«, murmelte Maque voller Verzweiflung. Wenn die Teufel angriffen, waren sie darauf aus, ein Schiff manövrierunfähig zu machen und die Mannschaft zu ermorden, indem sie sie in die Tiefe zogen. Maquesta hatte schon solche Geschichten erzählt bekommen – aber nicht von Überlebenden. Sie hatte noch nie gehört, daß jemand eine Begegnung mit den bösartigen kleinen Wesen überlebt hätte.

Die Kreaturen rasten wie verrückt herum und begannen, an der Takelung zu zerren. Eine schwebte den Großmast hoch und fing an, mit seinen scharfen Nägeln das eingerollte Segel zu bearbeiten. Zwei waren auf den Besanmast geklettert, wo sie hin und her schaukelten, um die Spitze abzubrechen. Das protestierende Ächzen des Holzes übertönte den unnatürlichen Sturm. In der Kombüse hörte man Töpfe und Pfannen klappern – die Teufelchen mußten Lendles Hängevorrichtungen heruntergerissen haben.

Maquesta schrie auf vor Wut und hastete in ihre Kabine zurück, um ihr Schwert zu holen. Sie vernahm das Gebrüll ihrer Mannschaft und das Geplapper der Teufelchen hinter sich. Dann hörte sie, wie Koraf die Männer anwies, sich jeweils nur auf eine Gruppe Teufelchen zu konzentrieren. »Schützt zuerst die Segel!« polterte er. Als Maque mit gezogenem Kurzschwert wieder aus ihrer Kabine gestürmt kam, sah sie, daß die Männer Korafs Befehl befolgten.

Mit Schrecken beobachtete sie, wie Fritzen sich einen Dolch zwischen die Zähne klemmte und den Besanmast hochklettern wollte. Drei Teufelchen packten ihn an den Beinen, rissen ihn zurück und zerrten ihn auf dem Bauch über das blankpolierte Holz. Als Maquesta auf sie zusprang, starrten die drei sie wütend an und versuchten, Fritzen seitlich über Bord zu kippen. Es wäre ihnen fast gelungen. Seine Beine baumelten bereits über der Seite, aber mit einem drohenden Knurren packte der Halboger die Reling und trat nach seinen Gegnern. Ein Teufelchen flog in den Nebel. Fritzen zog sich wieder an Deck hoch, dann sprang er auf die Beine und stellte sich den anderen zwei Angreifern. Er ballte die rechte Faust und ließ sie fest auf den einen herunterfahren. Maquesta sah, wie der Schädel des kleinen Wesens zersplitterte, aber genauso schnell wieder seine ursprüngliche Form annahm. Dann entdeckte sie den dritten Teufel, der vor Fritzen zurückwich und mit einem bösen Funkeln in seinen kleinen Augen auf Vartan zueilte.

Einzeln stellte keines der Teufelchen eine ernsthafte Bedrohung dar. Doch in der Masse waren sie schon eine erhebliche Herausforderung, wie die rote Welle, die nun aus der Kombüse strömte. Mit aller Kraft rannte Maque an die Seite des Halbogers. Mehr als ein Dutzend der bösen Wesen kamen auf sie zu – bewaffnet mit Fleischermessern, eisernen Töpfen, Hackmessern und allen möglichen anderen Dingen, die Lendle in der Küche benutzte. Fritzen vollzog einen dreifachen Überschlag, was die Hälfte der Teufelchen hastig auseinanderspringen ließ. Doch er fluchte laut, denn seine Schläge und Tritte fügten den flinken Kreaturen keinerlei Schaden zu. Maquesta sah sich plötzlich von den übrigen Teufelchen umringt, und sie schwang ihr Schwert in weitem Bogen. Sie trennte ihren Gegnern Kopf, Arme und Beine ab, doch die merkwürdigen Wesen regenerierten sich in Sekundenschnelle und marschierten unaufhaltsam weiter voran. Als Maque erkannte, daß sie nichts tun konnte, um sie zu verletzen, daß sie selbst aber auf jeden Fall verletzt werden konnte, steckte sie ihr Schwert ein, duckte sich und sprang senkrecht in die Höhe, wo sie sich an eine der Segelleinen klammerte. Hand um Hand hievte sie sich nach oben, und von diesem Aussichtspunkt aus konnte sie ein grauenhaftes Bild überblicken.

Mehrere Matrosen, die vom Sturm und vom Lärm geweckt worden waren, eilten an Deck. Doch ihre Bemühungen, die Angriffe der Teufelchen abzuwehren, waren nicht von Erfolg gekrönt. Fünf der Kreaturen setzten sich auf Hvel und schafften es, ihn in die Waffenkammer zu schleppen, wo sie ihn einsperrten. Eine andere Gruppe hängte Vartan über das Ruder und fesselte ihn mit Ersatzleinen.

»Man kann den Blutmeerteufeln nur mit Magie beikommen!« rief Maque Fritzen zu, der seine vergeblichen Versuche, die Teufelchen zu verjagen, fortsetzte. »So heißt es in den Geschichten!«

Da fiel Maque Ilyathas Angebot ein. Sie konzentrierte sich auf seinen Namen, und kurz darauf tauchte der Schattenmensch an Deck auf. Maquesta wollte hinunterklettern, aber er schüttelte den Kopf in ihre Richtung. *Bleib, wo du bist.* Er ließ die Worte lautlos zu ihr strömen, während er die Szene in sich aufnahm. *Ich fürchte, ich kann nichts tun, um diese Geißel loszuwerden. In meinem Volk bin ich ein Krieger, kein Magier.* Ilyatha hielt den Stab hoch, der in einem scharfen Haken endete, eine Waffe, ohne die er offenbar nirgendwo hinging. *Die Sprüche, die ich kenne, haben alle ausschließlich mit Heilen zu tun. Und ich sehe kein anderes Schiff im Umkreis, werde aber trotzdem telepathisch um Hilfe rufen.*

Lähmende Furcht ergriff von Maque Besitz. Eine kleine Gruppe Teufelchen war jetzt dabei, in das Beiboot Löcher zu schlagen. Fritzen rannte auf sie zu und versuchte sie schreiend zu verscheuchen, jedoch ohne jeden Erfolg. Dicht am Bug sah Maque Koraf stehen. Mit einer Gaffel in der einen Hand und einem Schwert in der anderen schlug er wild auf zwei Teufelchen ein, die den Bugspriet abbrechen wollten. Zwei andere schlichen sich an Maque heran, kletterten die Leine hoch, an der sie sich festhielt, und hängten sich jeder an eines ihrer Beine. Ihr lautes Gekreische und Gezeter schmerzte in Maquestas Ohren. Sie versuchte, sich weiter hochzuziehen, als die Teufelchen in ihre Unterschenkel zu beißen begannen.

»Aber *ich* kann etwas tun!« Die Stimme gehörte Tailonna. Die Meerelfe kam vom Unterdeck hoch. Trotz des ganzen Aufruhrs um sie herum wirkte sie kühl und ruhig. Schnell schritt Tailonna die ganze *Perechon* ab, wobei sie anscheinend irgendwelche Berechnungen anstellte. Als sie am Bug ankam, drehte sie sich um und lief auf demselben Weg zurück, wobei sie ein halbes Dutzend zarter Gebilde aus ihren Haaren zog – Gazenetze, in die Muscheln eingeflochten waren und die Tailonnas Lockenpracht zu gefälligen Haarbögen um Kopf und Schultern bändigten.

Zuerst wandte sie sich den Teufelchen zu, die sich an dem Beiboot zu schaffen machten. Tailonna nahm eines der Netze, führte es an die Lippen und besprach es wortreich. Dann warf sie es auf die schändlichen Kreaturen. In der Luft wuchs das Haarnetz zu einem runden Fangnetz von gut drei Metern Durchmesser an. Als es sich über die Teufelchen legte und sich um sie zusammenzog, hörten sie sofort zu kreischen auf und erstarrten. Sie hatten die Augen aufgerissen, ihr Blick war aber leer.

»Ein Netz. Sie hypnotisiert sie«, sagte Fritzen bewundernd, während er immer noch die Teufelchen um sich herum abwehrte.

Tailonna wiederholte ihren Spruch jedesmal, wenn sie auf eine Gruppe von zehn oder mehr Teufelchen zukam. Mitunter versuchten andere Teufelchen, ihre Kameraden zu befreien, aber sie konnten das Netz nicht zerreißen. Seine schimmernden Stränge hielten die Teufelchen unerbittlich fest wie eine Spinnwebe ihre Beute.

Nachdem Tailonna alle Netze verbraucht hatte, waren immer noch ein paar Dutzend Blutmeerteufel übrig. Sie warf Ilyatha einen Blick zu. Nach einiger Zeit wandte dieser sich wortlos an die Matrosen, die noch an Deck waren.

Sie will, daß wir vor ihr in den Wind treten, und sie will meine Flöte des Tanzenden Windes, bedeutete der Schattenmensch Maquesta.

»Dann gib sie ihr!« rief Maquesta, während einer der kleinen Angreifer sie oberhalb der Kniescheibe fest ins Bein biß. Der Sturmwind, der die *Perechon* beutelte, ließ Maquesta an der Leine herumschwingen. »Wir brauchen nicht noch mehr Wind«, schrie sie. »Wir könnten einen Mast verlieren. Aber wenn wir alle tot sind, spielt es ohnehin keine Rolle, ob wir noch Masten haben!«

Über Tailonnas Absichten jedoch schwieg Ilyatha sich aus. Er reichte ihr die Flöte und blieb neben ihr stehen. Anscheinend wartete er auf weitere Anweisungen. Sofort begann die Elfe, eine Abwandlung des Tanzes zu spielen, den Maque am Tag des Rennens erstmals gehört hatte. Ein Staubteufel nahm plötzlich zu ihren Füßen Gestalt an.

Tailonna spielte weiter, bis er gänzlich ausgebildet war, dann nickte sie Ilyatha zu. Der Schattenmensch griff in den flatternden Mantel der Meerelfe und zog einen kleinen Beutel daraus hervor. Er ließ aus dem Beutel etwas, das aussah wie gelber Sand, über den Staubteufel rieseln. Tailonna änderte ihre Melodie ab, worauf der Staubteufel den Besanmast erkletterte, auf dem die beiden Blutmeerteufelchen hockten, und diese mit Sand bespuckte. Sie sanken augenblicklich in Schlaf und rutschten daraufhin am Mast herunter.

Tailonna spielte immer weiter und schickte den Staubteufel

zu den restlichen Blutmeerteufeln, auch zu dem Paar, das Maquesta quälte. Bald war das Deck mit winzigen, schnarchenden, roten Gestalten übersät. Unglücklicherweise trieb die unberechenbare Gewalt des Sturms, der immer noch wütete, den Sand auch zahlreichen Matrosen von der *Perechon* in die Augen. Auch sie schliefen sofort tief und fest ein.

»Wir haben nicht unbegrenzt Zeit«, warnte Tailonna. »Der Schlafsand hält ungefähr eine Stunde lang vor; die Hypnose des Netzes dauert etwas länger. Wir müssen aus diesem Teil des Blutmeeres verschwinden!« In Tailonnas Stimme lag etwas Luftiges und Melodisches, das irgendwie an die See erinnerte.

Maque schlüpfte an Deck und rieb die kleinen Bisse an den Beinen. »Wir können es nicht riskieren, ein Segel aufzuziehen«, sagte sie. »Die Wucht des Sturms würde den Mast brechen. Dann wären wir in der Gewalt dieser Biester, sobald sie erwachen. Wir müssen die Ruder benutzen, aber bei so hohem Seegang weiß ich nicht, wie rasch wir damit vorwärtskommen. Augenblick mal! Wo ist Lendle?« Ihr war der feuergetriebene Apparat in den Sinn gekommen, den der Gnom an den Rudern befestigt hatte. Sie fragte sich, ob sie es wohl wagen konnten, ihn jetzt auszuprobieren.

Der Gnom kam von der Kombüse her auf sie zugerannt, anscheinend von Ilyatha herbeigerufen. Er war über und über mit einer klebrigen Masse aus Obst und Bohnen bedeckt, zeigte auf die Teufelchen und drohte ihnen mit seinem kurzen Finger.

Als Maque ihn nach seiner Erfindung fragte, wurde Lendle sehr aufgeregt. Er antwortete ihr mit quälender Langsamkeit. »Sie ist fertig. Ich muß nur den Ofen anzünden.«

»Na, dann los«, befahl Maque. »Und mach schnell. Wir haben nicht viel Zeit.«

»Komm und hilf mir.« Die Meerelfe hatte Maquesta angesprochen.

Maque fuhr herum. Tailonnas Bitte kam einem Befehl gefährlich nahe. Koraf und Maque wechselten einen Blick. Ohne eine Antwort abzuwarten, begann die Meerelfe, die schlafenden Teufelchen aufzusammeln und über Bord zu werfen. Tailonna, die fast so groß war wie Koraf, benötigte keine Hilfe, um die kleinen Monster hochzuheben, aber allein würde sie bei den vielen Teufelchen viel zu lange brauchen. Fritzen, Maque und Ilyatha kamen ihr eilig zu Hilfe.

Der Nebel rollte noch immer über das Schiff, schlang seine langen Fäden um die Reling und floß die Masten empor. Maquesta verfluchte den roten Nebel und spähte hastig hindurch, um sicherzugehen, daß nicht noch mehr Teufelchen daraus hervorkommen würden. Zufrieden befahl sie Vartan, Bettlaken aus den Kabinen zu holen. Sie mußten das Segel am Hauptmast flicken, sobald sie aus dem Sturm kamen. Maque schaute über die Schulter zu Koraf, der den Bugspriet inspizierte. Lächelnd entschied sie, daß sie doch den Richtigen zum Ersten Maat gemacht hatte. Fritzen sammelte alle Gegenstände auf, die die Teufelchen aus der Küche erbeutet hatten. Nachdem Maque sich überzeugt hatte, daß an Deck alles reibungslos ablief, ging sie zu dem Gnom und überprüfte, was er tat.

»Lendle, wieso dauert das denn so lange?« rief sie von ihrem Platz oben an der Falltür zum Laderaum nach unten. Selbst von hier aus spürte sie die Hitze, die vom Ofen ausging.

»Gleichgleichwartegleich«, antwortete Lendle.

Maque wollte gerade die Leiter hinuntersteigen, als die *Perechon* plötzlich von einer mächtigen Explosion erschüttert wurde. Rußiger, schwarzer Rauch begann aus dem Frachtraum hochzuquellen. Maquesta sprang auf das Hauptdeck zurück.

»Oh, Lendle!« stöhnte Maque. Sie spähte durch die Falltür hinab – gerade noch rechtzeitig, um das Zischen zu vernehmen, das entstand, als Lendle einen Eimer Wasser auf etwas

Brennendes schüttete. Maque blinzelte durch die Wolke, um zu sehen, ob dem Gnom auch nichts passiert war. Doch genau in dem Augenblick stürzte er aus dem Frachtraum heraus und prallte gegen Maquesta.

»NurnocheinpaarÄnderungenundwirfliegendurchdasWasser.« Er holte ein Stück Papier und etwas Kreide aus den Taschen seines Overalls und begann, geheime Berechnungen niederzukritzeln.

Maque ließ ihn stehen und lief zum Achterdeck. »Koraf, such dir genug Matrosen, um die Ruder zu bemannen, und schick sie schnell nach unten.«

»Was ist mit Lendles Erfindung?« fragte der Erste Maat.

Maque schüttelte betrübt den Kopf. »Darauf verlassen wir uns lieber nicht. Achtet nur darauf, daß das Feuer aus ist, bevor ihr in den Frachtraum klettert.«

»Feuer?« Fritzen, der gerade auf die Kombüse zuhielt, erbleichte.

Maquesta entging seine Reaktion allerdings, denn sie beobachtete Ilyatha, der gebannt den Himmel über dem Schiff musterte. Auch Maque schaute nach oben. Das Gewitter hatte aufgehört. Der Sturm ließ nach, aber nicht schnell genug, um die *Perechon* mit Segelkraft entkommen zu lassen. Als Maque zum Himmel blickte, sah sie nichts als warmen, peitschenden Regen, der ihr in den Augen brannte. Dann glaubte sie die graue Seemöwe zu erkennen, die am Vortag neben ihnen hergeflogen war, als sie die Hörnerbucht verlassen hatten. Doch plötzlich sah sie, daß noch etwas viel Größeres über der *Perechon* kreiste.

Fritzen stellte die Küchengeräte ab, zog sein Schwert und hielt es wie einen Speer am Heft, damit er auf das Wesen zielen konnte. Doch Tailonna hastete zu ihm hin und zog seinen Arm herunter. »Hast du denn noch nie ein solches Wesen gesehen?« fragte sie voller Verachtung. »Das ist ein Ki-Rin, und er kann nur gekommen sein, um uns zu helfen. Tu ihm bloß nichts zuleide, sonst bedeutet das für uns alle den Untergang«, befahl sie.

Mühsam hielt Fritzen seinen Zorn über Tailonnas hochmütige Behandlung im Zaum. Der Ki-Rin lenkte ihn jedoch bald ab. Unter dem erstaunten Blick der wenigen Mannschaftsmitglieder, die noch an Deck übrig waren, ließ sich der Ki-Rin nämlich herunter, bis er sich auf gleicher Höhe mit dem Deck der *Perechon*, gegenüber von Ilyatha, befand. Ein solches Wesen hatte Maque noch nie gesehen. Ihrer Schätzung nach war es doppelt so lang wie zwei normal große Männer. Ein einzelnes, gewundenes Horn, das perlmuttfarben schimmerte, ragte aus seiner Stirn. Kopf und Hals waren von einer flach anliegenden, dicken Mähne wie aus glänzendem Messing geschmückt. Schweif und Hufe waren von einer ähnlichen Farbe wie die Mähne, aber wie ein Pferd sah das Wesen eigentlich nicht aus. Aus seinen Schultern wuchsen kleine, gefiederte Flügel mit einem Hauch von Gold. Selbst im Dunkeln ging von der Haut des Ki-Rin ein schwaches Leuchten aus, welches winzige goldene Schuppen erkennen ließ, die wie Sterne glitzerten und blinkten.

Ohne daß man ein Wort hören konnte, schienen Ilyatha und das Wesen sich zu unterhalten. Der Schattenkrieger machte ein paar Gesten. Das Wesen nickte gelegentlich. Nach einer Weile verbeugte sich Ilyatha tief und drehte sich zu Maquesta und Koraf um.

Ich bitte um Verzeihung für unsere Unhöflichkeit, sagte er an Maquesta gewandt. *Das ist Belwar, ein Ki-Rin. Oh, ich sehe, das wußtest du bereits. Ich hoffe, es ist dir recht. Ich habe einen telepathischen Notruf ausgesandt, während die Teufelchen alles verwüsteten. Belwar hörte ihn. Er hat eingewilligt, uns zu helfen, diesen Ort zu verlassen.*

Der Ki-Rin umkreiste die *Perechon* einmal auf Höhe des Decks. Ilyatha legte einen Augenblick den Kopf schief, dann lief er nach vorn. Während der Ki-Rin vor dem Bug wartete, band Ilyatha ein Ende eines Taus am Bugspriet fest und warf das andere Belwar zu, der es mit dem Maul auffing. Mit mächtigen Flügelschlägen flog der Ki-Rin los, wobei er die *Perechon* so mühelos hinter sich herzog, als wäre sie das Spielzeugboot eines kleinen Kindes.

Tailonna begann, die Netze von den hypnotisierten Blutmeerteufelchen abzunehmen, und flüsterte jeder Gruppe ein paar Worte zu. Auf ihren Befehl hin stellten die Teufelchen sich ordentlich auf und sprangen nacheinander über Bord.

Maquesta schloß Ilyatha stürmisch in die Arme und drückte ihn an sich. »Diese Nacht hat ein weitaus besseres Ende genommen, als ich hätte hoffen können. Ich dachte, wir würden alle sterben. Danke. Vielleicht ist dieser Belwar ein gutes Omen.«

»Laßt mich hier raus! He! Ich bin in der Waffenkammer, laßt mich raus!«

Koraf, der mit dem Rest der Mannschaft die Spuren des Angriffs der Blutmeerteufel beseitigte, hörte die Schreie aus dem Bug als erster. Er brachte alle mit einer Handbewegung zum Schweigen, legte den Kopf auf die Seite und lauschte. Im ersten Moment befürchtete er schon, es wäre noch ein Teufelchen an Bord, das ihnen eine Art Streich spielte. Dann stürzte Vartan an ihm vorbei und legte kurz sein Ohr an die Tür zur Waffenkammer, ehe er sie aufriß. Ein rotgesichtiger Hvel stolperte heraus.

»Ich dachte schon, ich würde da drin ersticken! Ich dachte, die Teufelchen hätten das Schiff übernommen! Was ist passiert? Wieso sind wir noch am Leben?«

Vartan zeigte auf den Ki-Rin am Himmel, dessen Flügel stark und rhythmisch schlugen und dessen Haut im Sonnenaufgang blaßgolden schimmerte. Hvel vergaß, daß man ihn eingesperrt hatte, und starrte das prachtvolle Geschöpf ehrfurchtsvoll an.

Da wurde das Tau, das Belwar im Maul hielt, plötzlich

schlaff. Der Ki-Rin hatte umgedreht und flog zur *Perechon* zurück. Hvel und Vartan wichen schnell aus, als Belwar das Tau fallenließ und anschließend anmutig auf dem Rand des Oberdecks landete.

Maquesta, die beim Aufräumen geholfen hatte, kam herbei, um das Wesen zu begrüßen und ihm zu danken. Jetzt, da die Sonne aufgegangen war, hatte sich Ilyatha in seine Kabine unter Deck zurückgezogen.

»Bist du der Kapitän?« fragte der Ki-Rin, als Maque näherkam. Seine Stimme klang so melodisch wie das süße Lied einer Singdrossel.

»Ich bin Kapitän auf der *Perechon*, und ich möchte mich bei dir bedanken«, erwiderte Maquesta. »Ohne deine Hilfe wären wir verloren gewesen, und als Folge davon auch andere, die uns nahestehen«, fügte sie hinzu, denn sie dachte an Melas und an Ilyathas Tochter Sando. »Als Kapitän nehme ich die Schuld, in der wir dir gegenüber stehen, auf mich und biete an, sie in jeder gewünschten Form zu begleichen.« Maquesta starrte in Belwars glitzernde veilchenblaue Augen, aus denen eine hohe Intelligenz und großes Mitgefühl sprach.

»Mein Lohn ist dein Lächeln«, gab Belwar zurück. »Aber sag mir, was führt die *Perechon* in diesen Teil des Blutmeers? Ihr nähert euch einer gefährlichen Passage zwischen Wellende und Saifhum und dem Äußeren Ring des Mahlstroms. Was euch dort erwartet, ist kaum weniger schlimm als die Blutmeerteufel.«

Trotz der mutigen Taten des Ki-Rin wollte Maque einem ihr so fremden Wesen nicht die volle Wahrheit erzählen. Deshalb entschied sie, nur einen Teil der Geschichte preiszugeben. »Wir sind von Lord Attat aus Lacynos angeheuert worden, eine besondere Fracht aufzunehmen und zu ihm zu bringen. Je eher wir zurückkehren, desto höher unsere Belohnung. Ich wollte mit dieser Route Zeit sparen.«

Das Violett in Belwars Augen verwandelte sich vor Wut in

ein tiefes Purpur, und sein Ausdruck verhärtete sich. »Wenn ich gewußt hätte, daß ihr für Lord Attat arbeitet, hätte ich euch nicht geholfen. Ich hätte euch von den Teufelchen umbringen und dieses Schiff zerbersten lassen. Attat ist mein Erzfeind, und ihm gilt aller Haß, den ich im Herzen trage.« Belwars Stimme hatte nun nichts Melodisches mehr an sich. »Mit jemandem, der mit ihm Geschäfte macht, will ich nichts zu tun haben.«

Der Ki-Rin schickte sich an abzufliegen. In diesem Augenblick machte Tailonna einen Schritt nach vorn. Die Muscheln, die in ihre langen blauen Haare geflochten waren, klickten leise aneinander. Als Belwar die Elfe zu Gesicht bekam, hielt er inne und verneigte sich respektvoll. Tailonna, die nun neben Maque stand, erwiderte die Geste.

»Ich fürchte, unser Kapitän hat dir zu wenig von dem erzählt, was wir hier tun.« Tailonna warf Maque einen Seitenblick zu, der einer Bitte um Verständnis so nahe kam, wie das einer Elfe überhaupt möglich war. Innerlich schäumte Maque angesichts dieser Unverfrorenheit vor Wut. »Sie weiß nichts über den Grund für deine Feindseligkeit.«

Jetzt wandte sich Tailonna direkt an Maquesta. »Als du in Attats Palast warst, hast du da nicht die Haut gesehen, die hinter dem Stuhl auf dem Podest gespannt war?«

Maque dachte einen Augenblick nach. Jener Tag erschien ihr jetzt so fern. Sie erinnerte sich, wie sie mit ihrem Vater durch den beeindruckenden Saal gelaufen war. Dann nickte sie langsam. »Ja, ich entsinne mich. Damals wußte ich nicht, von was für einem Geschöpf diese Haut stammte. Sie war golden, mit Schuppen und Flügeln.« Ihre Stimme erstarb. Sie sah Belwar wieder an, der jetzt mit gesenktem Kopf dastand. Seine Haltung verriet große Trauer. »Das war also die Haut eines Ki-Rin«, sagte Maque.

Belwar nickte. Er nahm den Kopf hoch. Inzwischen sprühten seine Augen vor Zorn. »Ja. Es ist die Haut meines Bruders,

Viyeha. Wir haben damals ein Spiel gespielt, mit dem wir uns manchmal im Bereich hoher Gebirgsketten unterhalten. Fangen, sagt ihr dazu, glaube ich. Wir waren auf Karthay, auf dem Dach der Welt. Viyeha verschätzte sich beim Durchflug zwischen zwei Gipfeln und verletzte sich am Flügel. Es war so schlimm, daß wir ein paar Tage dort bleiben und warten mußten, bis es heilte. Mit unseren magischen Fähigkeiten schufen wir uns einen gemütlichen Unterschlupf und konnten natürlich genügend zu essen und zu trinken herbeizaubern. Nach zwei Tagen ...« Belwar blickte wieder zu Boden. »Ich wurde unruhig. Das Herumsitzen gefiel mir nicht. Ich begann, fast den ganzen Tag umherzustreifen. Viyeha erzählte ich, ich müßte die Insel überwachen, aber in Wirklichkeit wollte ich einfach fort. Als ich am fünften Tag von meinem Flug zurückkam, fand ich nur den gehäuteten Leichnam meines toten Bruders vor. Und in meinem Herzen nistete sich eine große, unheilbare Trauer ein.« Belwars Stimme erstarb, und er schwieg, bis er sich wieder gefaßt hatte.

»Attat hatte eine Expedition in diese Berge unternommen, um ein neues Tier für seine Menagerie zu fangen. Dabei stolperte er über unseren Schlupfwinkel. Viyeha hat geschlafen, sonst hätte er den Angriff rechtzeitig bemerkt. So aber konnte das Dutzend Minotauren und das halbe Dutzend Oger, die Attat dabeihatte, meinem Bruder das Netz überwerfen und ihm die Kehle durchschneiden.« Belwars Stimme klang bitter. »Ein junger Adler aus einem Nest über unserem Unterschlupf hatte alles mitangesehen und erzählte es mir. Es war früh am Morgen geschehen, bald nach meinem Aufbruch. Als ich am Abend zurückkehrte, hatten Attat und seine Begleiter die Insel offenbar schon verlassen, denn ich konnte sie nirgends finden. Aber ich habe Rache geschworen. Eines Tages, wenn ich Attat außerhalb seiner Palastfestung antreffe, werde ich mich rächen.«

»Wir wünschen dir, daß es bald soweit ist«, sagte Maque inbrünstig. »Tailonna hat die Wahrheit gesagt. Ich war mir nicht sicher, auf wessen Seite du stehst, deshalb habe ich nicht unsere ganze Geschichte erzählt. Attat hat uns in der Hand.« Sie berichtete dem Ki-Rin von Melas, von Ilyathas Tochter Sando, von Tailonnas Gefangenschaft und von Bas-Ohn Korafs Lage.

Der Ki-Rin hörte aufmerksam zu. Als Maquesta ihre Geschichte beendet hatte, schwieg er einen Augenblick, dann schien er zu einer Entscheidung zu kommen. Er breitete seine Flügel aus, schlug einmal damit, dann begann er zu sprechen. »Ich werde in der Nähe bleiben und für den Rest eurer Reise über die *Perechon* wachen. Ich habe noch ein paar Pflichten, die mich gelegentlich von euch fortführen können, aber nie so weit, daß Ilyatha mich nicht rufen könnte.« Belwar hielt mit ernstem Gesicht inne. »Ich werde euch helfen, weil ihr es wirklich verdient habt. Eure Reise könnte auch eine Gelegenheit mit sich bringen, bei der ich meinen Feind stellen kann, aber ich fürchte, es gibt noch andere gute Gründe, euch zu helfen. In den letzten Jahren bekümmern mich Anzeichen dafür, daß in den Ländern westlich des Blutmeers böse Dinge vorgehen. Ich spüre, daß die Mächte des Guten und des Bösen aus dem Gleichgewicht geraten, und das müssen wir um jeden Preis verhindern. Und ich glaube, wir sind uns alle darüber einig, mit welcher Macht Attat im Bunde ist.«

Kapitel 8
Der Äußere Ring

Als sie sich am nächsten Tag einen Überblick über den Schaden an der *Perechon* verschafften, wies das Schiff zwar einige Schäden auf, aber keine allzu starken. Eine Reihe von Segeln waren zerrissen, und Vartan und Hvel saßen an Deck und waren eifrig dabei, sie mit Laken und dünnen Decken auszubessern. Vartan sah, wie Maquesta umherlief und den Schaden im hellen Sonnenlicht inspizierte.

»Die Segel werden nicht halten, Kapitän«, erklärte er ihr. »Oh, für einen oder zwei Tage wird es schon gehen. Aber dann müssen Hvel und ich uns bestimmt schon wieder daran setzen. Nicht, daß wir keine guten Segelflicker wären. Nur sind diese Segel schon so oft repariert worden, daß mehr Fäden von unseren Nadeln drin sind als ursprüngliches Tuch.«

Hvel hüstelte, um Maques Aufmerksamkeit auf sich zu ziehen. »Maquesta, wir haben uns untereinander beraten und ausgerechnet, wie viele Münzen wir zusammen noch haben. Es ist nicht viel. Aber ...« Während er weitersprach, setzte er wieder die Nadel an. »Wir haben zwei Dutzend Stahlstücke gesammelt. Zusammen mit dem, was du noch von diesem bösartigen Attat übrig hast, könnten wir dafür mindestens ein neues Segel bekommen.«

Sie lächelte und setzte sich zu ihnen auf das Deck. »Das weiß ich zu schätzen, Hvel, Vartan. Wir brauchen neue Segel, soviel steht fest. Ich nehme euer Angebot an, und sobald dieses Schiff wieder einmal Geld einbringt, bezahle ich jedem das Doppelte von dem, was er zu den Segeln beigesteuert hat.«

Sie stand auf und widmete sich wieder ihrem Rundgang. Es war den Teufelchen gelungen, ein Loch in den Boden des Beiboots zu schlagen. Lendle versicherte Maque, daß er es reparieren könne, aber als er ein Stück Pergament herauszog, seine Kreide nahm und eine Skizze anfertigte, wobei er immer wieder Verbesserungen hinzufügte, war sie skeptisch.

Die Spitze des Besanmastes, an der die Teufelchen herumgezerrt hatten, wies einen Haarriß auf. Diese Reparatur führte Maque persönlich aus. Sie nagelte das Holz zusammen und umwickelte es zusätzlich noch mit Schnur. Sie runzelte die Stirn. Wenn es nach mir ginge, dachte sie, und ich genug Geld hätte, würde ich neue Masten *und* neue Segel kaufen.

Als sie fertig war, kletterte sie auf den Großmast und überprüfte ihn. Sie betastete das Holz sorgfältig. Ein Schatten huschte über ihr Gesicht. Der Mast war stark, aber ungefähr so alt wie Maquesta, und das Schiff hatte in letzter Zeit eine Menge mitgemacht. Das Holz wies keine Risse auf, aber es war stark verwittert und mußte verstärkt werden. Als sie von ihrem Aussichtspunkt herunterschaute, sah sie, daß die Mannschaft hart arbeitete. Keiner stand müßig herum, und keiner schien sich zu beschweren. Sogar Tailonna half mit, auch wenn man deutlich sah, daß die Meerelfe sich nichts besonders Anstrengendes ausgesucht hatte.

Ein Teil der Deckreling war abgebrochen und mußte vorläufig durch Seile ersetzt werden. Darum kümmerte sich Fritzen, dessen akrobatisches Talent ihm erlaubte, sich über die Seite des Schiffes zu hängen und die Seile geschickt an der noch vorhandenen Reling zu befestigen. Gleichzeitig inspizierte er das Holz um die Pfortluken, von dem die Teufelchen einiges abgeschlagen hatten.

Lendles Topf- und Pfannenhalterung in der Kombüse war verwüstet, was Maque nicht besonders bedauerte. Der Gnom kündigte an, daß er sie reparieren würde, doch zuvor müßte er seine Pläne für das Beiboot fertigstellen und sich darum kümmern, daß ein Verbindungsstab ersetzt wurde, der bei der Explosion seiner Rudermaschine zerstört worden war.

Koraf stellte fest, daß der dringendste Bedarf an Reparaturen und Ersatz nicht im Bereich der Ausrüstung, sondern bei den Vorräten bestand. Die Teufelchen hatten gezielt nahezu alle Trinkwasserfässer auf der *Perechon* angebohrt, so daß diese kostbare Ladung über Nacht ausgelaufen war. So sehr Maquesta den Zeitverlust auch haßte, so wußte sie doch, daß sie in der Hafenstadt Meerburg auf Saifhum Halt machen mußten, um mit dem Dutzend Stahlmünzen, das von Attat noch übrig war, das Wasser zu ersetzen und weitere Lebensmittel einzukaufen. Vielleicht konnten sie von dem, was die Männer gesammelt hatten, auch ein kleines Segel bezahlen. Koraf warf die beschädigten Kisten, Fässer und Behälter über Bord, denn er fand es sinnlos, Müll mitzuschleppen. Allerdings entfernte er vorher rasch noch die Eisenringe um die Fässer, weil sie ihnen vielleicht noch einmal nützlich werden könnten.

Eine Stunde später beäugte Maquesta neugierig das Beiboot, das in der Mitte akribisch geflickt worden war. Ein Hebelmechanismus mit Flaschenzug war an der vorderen Bank eingebaut und mit einem Stab verbunden, der seitlich am Boot herunterführte. Als Maque dem Stab folgte, sah sie, daß unter dem Boot ein hellgrünes, flossenartiges Ding mit einem Drehzapfen angebracht war. Sie probierte den Hebel aus, und wundersamerweise drehte sich die Flosse hin und her. Der Skizze zufolge, die Lendle auf den Sitz gelegt hatte, würde der Apparat das Boot leichter zu lenken machen, so daß man weniger rudern mußte. Der Gnom sah, daß sie sein Werk untersuchte, grinste breit, kratzte sich an der Nase und sagte, er hätte noch andere Dinge zu verrichten.

Damit machte er sich wieder an die Arbeit. Er freute sich, daß Maquesta seine Erfindung nicht kritisiert hatte. Im Frachtraum und an anderen Orten unter Deck leistete ihm Ilyatha oft

Gesellschaft, der sowohl an den mechanischen Abläufen auf dem Schiff als auch an Lendle Gefallen gefunden hatte. Was den Gnom anging, so gestand er Maquesta, daß er in dem Schattenkrieger den perfekten Kameraden gefunden hatte – obwohl ein anderer Gnom ihm natürlich noch lieber gewesen wäre. Er, Lendle, konnte zu Ilyatha reden, so schnell er wollte. Der Schattenmensch mit seinen telepathischen Fähigkeiten verstand ihn immer.

Maquesta hatte ihre rechte Hand fest auf der Königsspeiche liegen und blickte zum Horizont. Der Angriff der Teufelchen und der Schaden, den sie den Segeln zugefügt hatten, machte die *Perechon* langsamer. Und er setzte der Moral der Mannschaft zu. Dennoch war deutlich zu sehen, daß sie ein entschlossener Haufen waren, und Maquesta konnte sich keine andere Mannschaft vorstellen, zu der sie sich lieber gesellt hätte.

Bald nach Mittag begann das rostrote Wasser des Meeres zu großen Wogen anzusteigen und wies damit auf die Nähe zum Äußeren Ring des Mahlstroms hin. Das Blutmeer verdankte diese Farbe seinen Namen, und sie kam vom roten Sand, der beim Zusammenbruch der Stadt Istar aufgewirbelt worden war und durch den daraus entstandenen Mahlstrom in der Mitte des Meeres beständig in Bewegung gehalten wurde. Die *Perechon* begann schwindelerregend auf und ab zu schlingern, indem sie abwechselnd die riesigen Wogen erklomm und dann wieder in die Wellentäler glitt. Maque lehnte sich fest gegen das Ruder und steuerte die *Perechon* konstant nach Norden, um ganz am Rand des Äußeren Rings zu bleiben. Damit war sie so beschäftigt, daß sie gar nicht hörte, wie Fritzen hinter sie trat.

»Du hast eine gute Mannschaft«, sagte er. Sie schrak zusammen. »Jeder hat getan, was mit den begrenzten Mitteln möglich war. Ich kenne in Meerburg ein paar einflußreiche Leute. Vielleicht kann ich mir genug Geld zusammenborgen, um dir zu einem neuen Segel für den Großmast zu verhelfen.«

Sie drehte sich zu ihm um. Auf ihrem Gesicht machte sich ein Lächeln breit. »Das wäre wunderbar, Fritzen.«

»Fritz«, korrigierte er.

»Also gut, Fritz. Die Männer haben zwei Dutzend Stahlmünzen gesammelt. Vielleicht können wir damit – und mit dem, was deine Freunde dir leihen – ein paar neue Segel kaufen. Damit könnten wir viel schneller sein. Und ich müßte mir nicht mehr soviel Sorgen um die alten Segel machen.«

»Allerdings«, wandte er mit einem Hauch von Schalk in seiner tiefen Stimme ein, »wenn ich sie überreden soll, mir das Geld zu leihen, bräuchte ich eine gewisse Sicherheit, daß ich hier Arbeit habe. Meine Freunde werden darauf bestehen, daß ich es ihnen zurückzahle. Und ich kann keine Versprechungen machen, solange ich nicht weiß, daß ich fest eingestellt bin.«

»Du kannst hier arbeiten, solange du willst«, erwiderte Maque in dem Versuch, einen geschäftsmäßigen Ton anzuschlagen, obwohl sie sehr erfreut war, daß er offenbar für länger bleiben wollte. »Aber *ich* werde diejenige sein, die es ihnen zurückgibt. Alles Geld, das du verdienst, gehört dir allein.« Sie machte eine Pause und biß sich auf die Unterlippe. »Ich sollte dich warnen, Fritz. Manchmal liegen die Zahltage auf der *Perechon* sehr weit auseinander. Wir hatten in letzter Zeit nicht viel Glück bei der Suche nach anständigen Aufträgen.«

»Das werden meine Freunde schon verstehen«, sagte er leise. »Außerdem, sobald wir deinen Vater wiederhaben, wird sich für dieses Schiff das Glück wenden. Der Wind könnte doch mal wieder zu euren Gunsten wehen.«

»Fritzen!« brüllte Koraf vom Bug her und zeigte nach vorn auf den Bugspriet.

Der Halboger seufzte. Er war gern in Maquestas Gesellschaft und wäre lieber noch etwas länger geblieben. »Ich habe ihm versprochen, daß ich den Bugspriet verstärken würde«, sagte Fritz. »Dein Erster Maat ist ein fähiger Seemann, aber ich glaube, er mag keine Aufgaben, bei denen er im Wasser landen könnte.«

»Minotauren können schwimmen«, erwiderte Maque lachend. »Sehr gut sogar. Aber sie sind nicht gerade die schnellsten Schwimmer. Außerdem bist du der Beweglichere. Er hat schon den richtigen Mann für diese Arbeit ausgewählt. Das spricht dafür, daß er ein guter Erster Maat ist.«

Der Halboger schenkte ihr ein breites Grinsen, salutierte und eilte zum Bug.

Fast zwei Stunden lang kämpfte Maque gegen den unablässigen Sog nach Süden, zu den inneren Ringen des Mahlstroms hin. Ein eisiger Regen begann zu fallen, und am Himmel brach ein Gewitter los. Maque wollte gerade um Hilfe rufen, als sie sah, daß Koraf die Stufen zum oberen Achterdeck erklomm. Er nickte ihr etwas förmlich zu. Als er ihr bedeutete, daß er das Ruder übernehmen würde, ließ sie sich glücklich ablösen. Wie schon in Attats Verlies hatte Maquesta das Gefühl, daß sie diesem einen Minotaurus trauen konnte. Maque blieb neben dem Ruder stehen, um sich zu vergewissern, daß Koraf das Rad bei diesem Wetter tatsächlich beherrschen konnte. Doch das Ausmaß an Erfahrung, das er bewies, stellte sie bald absolut zufrieden.

Nach ein paar schlimmen Stunden brach die *Perechon* endlich aus dem Sog des Äußeren Rings aus und hielt direkt nach Norden auf den Hafen von Meerburg zu. Gleich nachdem sie dieses schwierigste Stück geschafft hatten, erspähte Maque weit hinter ihnen am Horizont ein schwarzes Segel. Im Verlauf des Nachmittags entdeckte sie es hin und wieder erneut. Das Segel konnte nur zu einem ganz bestimmten Schiff gehören, der *Schlächter,* die von dem grausamen Kapitän Mandrakor der Räuber geführt wurde. Unter allen, die regelmäßig das Blutmeer befuhren, war Mandrakor der einzige wirkliche Feind von Melas und demzufolge auch von Maquesta. Er hegte einen alten Hader wegen der Art, wie er und Melas vor vielen Jahren den Schatz untereinander aufgeteilt hatten, den sie von einem sinkenden Handelsschiff erbeutet hatten.

Schon das Auftauchen der *Schlächter* machte Maquesta Sorgen. Die Tatsache, daß das Schiff der *Perechon* zu folgen schien, verstärkte dieses Gefühl noch. Doch obwohl die *Perechon* nicht in bester Form war, zog die *Schlächter* an diesem Tag nicht näher heran. Bei Sonnenuntergang fuhr Maque mit ihrer Mannschaft in den Hafen von Meerburg ein, und sie vergaß zunächst diese eine Sorge.

Am selben Abend noch rief Maquesta nach dem Essen einige Mannschaftsmitglieder zusammen. Sie hoffte, den Aufenthalt in Meerburg auf einen oder höchstens zwei Tage begrenzen zu können, und teilte die verschiedenen Pflichten auf. Sie und Lendle würden zum Marktplatz gehen, um Lebensmittel und andere Dinge einzukaufen. Sie hoffte, daß ihr Einfallsreichtum beim Strecken von Geld sie über den Tag retten würde, denn in Attats Beutel war nicht mehr viel übrig. Fritzen würde zur Werft gehen, um ein besonderes Teil zu besorgen, mit dem man den Großmast verstärken konnte. Er versprach, danach ein paar Freunde aufzusuchen und sich dort möglichst genug Geld auszuborgen, damit sie die größten Segel ersetzen konnten. Hvel und Vartan würden das Wasser kaufen. Nachdem die Aufgaben verteilt waren, zog sich Maque zu einem Schläfchen in ihre Kabine zurück. Schlaf war wichtig, denn heute nacht sollte sie Fritzen bei der Wache ablösen.

Sterne übersäten den Himmel, und die Luft war schwül, als Maque von Halboger die Wache übernahm. Er blieb noch einige Minuten mit ihr an Deck, um über das Wetter zu reden, über die Pläne für die *Perechon* und darüber, wie schnell sich die Mannschaft an einen Minotauren als Ersten Maat gewöhnt hatte. »Seeleute sind gewöhnlich skeptisch«, erklärte sie ihm. »Aber sie akzeptieren auch schnell. Es gibt auf See eine Art Verwandtschaft untereinander, die Rassengrenzen überschreitet. Ich wußte, daß sie Koraf irgendwann mögen würden.«

Fritz lächelte. »Und du, Maquesta, akzeptierst du andere Rassen ebenso leicht?«

Sie hoffte, der ansehnliche Halboger würde nicht bemerken, daß sie errötete. »Ich akzeptiere jeden so lange, bis er mir etwas Schlimmes zufügt«, sagte sie nur. »Du solltest jetzt eine Runde schlafen. Unser Tag im Hafen wird bald beginnen.«

Maque setzte sich neben das Ruder, dachte darüber nach, wie sie den Morkoth fangen sollten, versuchte, nicht zuviel an Melas zu denken und ihre Gedanken gleichzeitig von Fritzen Dorgaard abzulenken. Es gefiel ihr nicht, daß er ihr so durch den Kopf spukte. Ein Kapitän muß sich auf sein Schiff konzentrieren, sagte sie sich.

Sie mußte ein paar Minuten eingedöst sein, denn sie erwachte erst, als jemand sie sanft an der Schulter rüttelte.

»Ich schlafe meist nicht gut«, sagte Koraf. »Ich würde gern diese Wache übernehmen, dann kannst du dich noch etwas ausruhen.«

»Nein, ist schon gut«, wehrte Maquesta ab. Doch weil sie spürte, daß der Minotaurus es nur gut gemeint hatte, fügte sie hinzu: »Aber ich könnte Gesellschaft vertragen, und wenn du schon nicht schläfst, könntest du vielleicht hierbleiben.«

Da keine Antwort kam und sie schon befürchtete, daß sie ihn irgendwie verletzt hatte, fing Maque einfach an zu reden. Sie erzählte, wie sie auf der *Perechon* aufgewachsen war, wie Melas ihr zum ersten Mal das Ruder anvertraut hatte, wie sie am Nachmittag die *Schlächter* entdeckt hatte, einfach alles, was ihr gerade in den Sinn kam. Mit der Zeit merkte sie, wie Koraf sich entspannte.

»Und was ist mit dir, Koraf?« fragte sie schließlich aus echter Neugierde. »Wie bist du zum Segeln gekommen?«

Koraf schwieg weiter. Sie wunderte sich schon, ob er wohl eingeschlafen war. Doch dann, im Schutz der Dunkelheit, begann er zu reden.

Kapitel 9
Bas-Ohn Korafs Geschichte

»Solange ich mich erinnern kann, habe ich Boote aus Blättern und Holzresten gebaut, zuletzt natürlich aus festen Planken«, erzählte Koraf Maquesta. Seine volltönende Stimme war leise, vielleicht damit ihn niemand anders hörte.

»Deswegen haben meine Eltern schon, als ich noch ganz klein war, eine Lehrzeit bei Efroth, dem besten Schiffsbauer in Nethosak, für mich vereinbart. Ich komme nicht aus einer Familie des Adels oder mit guten Beziehungen, deshalb war es eine sehr gute Ausbildung, eine, auf die ich stolz war. Efroth hatte ein florierendes Geschäft, und wir haben zu viert bei ihm angefangen – ich, Diro, Thuu und Phao. Wir lernten und arbeiteten viele Jahre bei ihm, lernten nicht nur Schiffsbau und Entwerfen, sondern auch das Segeln. Er brachte uns alles über die Strömungen bei und über die Zeichen des Wetters, zeigte uns, wie man einen aufkommenden Sturm erkennt, indem man die Wolken anschaut und das Gefühl beachtet, das die Luft auf der Haut erzeugt.

Ich bin kein Prahlhans, aber ich glaube, ich war Efroths bester Schüler. Die anderen haben das gemerkt und mich von Zeit zu Zeit um Hilfe gebeten – alle außer Diro. Er war eifersüchtig und hat aus seinen Gefühlen keinen Hehl gemacht. Er hat versucht, mich vor Efroth in peinliche Situationen zu bringen, indem er Dinge tat, die meine Arbeit herabwürdigten, obwohl sie ordentlich war. Dennoch, ich wußte, daß ich gut war, und Efroth wußte das auch. Darum haben Diros Versuche, mich in Schande zu stürzen, nur ihm selbst Schande gemacht.

Zwölf Jahre habe ich gelernt und gearbeitet, gearbeitet und gelernt. Das ist gar keine so lange Zeit, Maquesta. Du hast mehr Zeit an deines Vaters Seite mit Lernen verbracht. Es war eine glückliche Zeit in meinem Leben, und vielleicht war es mein größtes Glück, daß ich mit Efroth zusammen arbeiten durfte. Ich schulde ihm viel.

Schließlich kam die Zeit, da wir Lehrlinge unseren Abschied nehmen sollten. Efroth wollte eine neue Gruppe aufnehmen. Die nächste Gruppe sollte seine letzte sein, denn er wurde langsam alt und brauchte Zeit für sich selbst. Jeder von uns mußte eine Abschlußprüfung ablcgen, damit wir als qualifizierte Schiffsbauer gelten konnten. Die Prüfung bestand darin, ein Segelboot zu entwerfen und zu bauen und damit einen speziellen Kurs allein abzufahren, den Efroth für uns vor der Küste festgelegt hatte. Er wollte jeden einzelnen von uns begleiten, damit er uns beobachten und bewerten konnte. Ich habe viel Zeit auf mein kleines Segelboot verwendet, denn ich beabsichtigte, es nach der Fahrt zu verkaufen und das Geld meiner Familie zu geben – als Dank dafür, daß sie mir seinerzeit die Lehre besorgt hatte. Danach wollte ich von Hafen zu Hafen reisen und für die Städte und den Adel Schiffe bauen, große Schiffe, wie man sie auf dem Blutmeer noch nie gesehen hatte.

Ich hätte es wissen müssen, aber ich merkte es nicht, denn ich war damals ein naiver Einfaltspinsel. Diro wollte mich bei diesem letzten Wettstreit zum Scheitern bringen. In der Nacht vor der Prüfung betrat er den Bootshof, in dem unsere Schiffe lagen, und beschädigte den Rumpf meines Schiffes.

Am nächsten Morgen versammelten wir uns alle bei unseren Schiffen am Kai des Bootshofs. Efroth segelte mit einem nach dem anderen hinaus, führte uns über den Kurs und beurteilte die Leistung des Schiffes, seine Takelung und die Kunst des Kapitäns. Ich war als letzter an der Reihe. Ich bilde mir gerne ein, er hätte mich zuletzt drangenommen, weil er sichergehen wollte, daß keiner der anderen sich unterlegen fühlte. Diro hatte seine Sache gut gemacht. Er hatte sich wirklich sehr angestrengt, und ich habe mich für ihn gefreut. Aber als ich an die Reihe kam, wußte ich, daß ich es besser machen würde.

Alles sah zunächst günstig aus. Der Wind war böig, aber ich stellte meine Segel darauf ein, und mein Schiff war so gebaut, daß es den Wind bestmöglich nutzen konnte. Dann, als wir ungefähr eine Meile vor der Küste waren, merkte ich, daß Wasser ins Schiff eindrang. Vor meinen Augen verwandelte sich das Leck plötzlich in einen Geysir, und dann zerbrach mein Schiff mit einem schrecklichen Geräusch in zwei Teile. Ich klammerte mich an einer Planke fest und überlebte. Efroth hatte weniger Glück. Er war schon alt gewesen, als wir unsere Lehrzeit begonnen hatten. Und als das Schiff zerbrach, fiel der Mast um und traf ihn am Kopf. Er sank auf den Meeresgrund und ertrank, bevor ich ihn erreichen konnte.

Niemand gab mir ernsthaft die Schuld an seinem Tod. Jeder schüttelte nur den Kopf, daß ich mein Können derart überschätzt hatte. Selbst meine Eltern wirkten beschämt. Ich stand unter Schock. Ich wußte nicht, wie ich mich in meinen Fähigkeiten so hatte täuschen können.

In jener Nacht wanderte ich am Kai entlang, ohne zu wissen, was ich tat. Irgendwann betrat ich ein Wirtshaus und bat um einen Becher Wasser. Während ich wartete, sah ich ein Stück weiter unten an der Theke Diro, Thuu und Phao zusammen stehen. Diro, der mit dem Rücken zu mir stand, lallte so heftig, daß ich sofort wußte, er war sehr betrunken. Ich wollte mich den dreien ganz gewiß nicht anschließen, aber ich hörte doch unwillkürlich mit, worüber Diro sprach. Er prahlte mit seiner Schläue und zeigte den anderen eine kleine Stange, mit der er den Rumpf meines Schiffes beschädigt hatte.

Phao und Thuu, die mich erblickt hatten, versuchten, ihn

zum Schweigen zu bringen, doch sie schafften es nicht. Es gelang mir selbst, ihn für immer zum Schweigen zu bringen. Von unglaublicher Wut erfaßt, ging ich zu ihm und erwürgte ihn. Ich machte keinen Versuch zu entfliehen. Ich wurde augenblicklich verhaftet und dazu verurteilt, bis zu meinem Tod im Zirkus zu kämpfen.«

Maquesta schaute in seine tränenverhangenen Augen. »Aber das, was Diro dir angetan hat, und der Umstand, daß er für Efroths Tod verantwortlich war, hätte doch dein Urteil mildern müssen?« fragte sie.

»Unserem Gesetz nach ist es strengstens verboten, daß ein Minotaurus einen anderen außerhalb des Zirkus tötet. Dort finden unsere organisierten Zweikämpfe statt. Diro war bereits tot. Er konnte nicht mehr verurteilt werden.«

»Und weshalb warst du dann bei Attat?« forschte Maque nach.

»Manchmal werden Kämpfern im Zirkus sogenannte Halter zugeteilt, Minotauren, die zwischen den Spielen für unseren Unterhalt verantwortlich sind. Im Gegenzug erhalten sie einen Anteil von jeder Wette, die bei unseren Kämpfen abgegeben wird. Attat ist mein Halter. Ich bin seit vier Jahren im Zirkus. Ich wurde noch nie besiegt, und daher verdient er mit meinen Auftritten eine Menge Geld.«

»Wenn Attat dein Halter ist, warum verläßt du uns dann nicht einfach, sobald du uns geholfen hast, den Morkoth zu fangen? Ich werde Attat erzählen, du wärst bei Nacht geflohen. Ich lasse dich in einem anderen Hafen von Bord. Du brauchst nicht zu ihm zurückzukehren«, drängte Maque. »Er ist ein Scheusal.«

Koraf schüttelte traurig den Kopf. »Zwei Minotauren sind schon tot wegen dem, was ich getan oder versäumt habe. Das ist das Gesetz. Und ich ehre das Gesetz. Außerdem, wenn du mich gehen läßt, wäre das für Attat Grund genug, dich wieder in sein Verlies zu werfen. Mit einem wie ihm spaßt man nicht.«

Wenn Maque bedachte, was Attat ihrem Vater angetan hatte, konnte sie ihrem Freund nur zustimmen. Sie nicke und umklammerte die Königsspeiche noch fester.

Kapitel 10
Meerburg

Die Landgänger brachen früh am nächsten Morgen auf. Sie waren guten Mutes. Meerburg war ein ganz anderer Ort als ihr letzter Anlegehafen, Lacynos. Steinhäuser mit breiten Veranden, Ziegeldächern und hellen, farbenfrohen Markisen blickten auf das Meer und boten den Besuchern einen gepflegten, freundlichen Anblick. Terrassenförmig angelegte Höfe zogen sich auf beiden Seiten des Hafens in die zerklüftete Landschaft hinauf.

Maque wußte jedoch, daß die einladende Fassade sich – glücklicherweise – nicht allen Besuchern gleichermaßen einladend zeigte. Die *Schlächter* hätte es nicht gewagt, in diesen Hafen einzusegeln, und auch Bas-Ohn Koraf begleitete Maquesta und die anderen lieber nicht in die Stadt. Piraten und Minotauren wurden gezielt von Galeeren vertrieben, die im Hafen Patrouille fuhren, und von bewaffneten Wachen, die im Hafenviertel Dienst taten.

So war Meerburg für Besatzung und Kapitän der *Perechon* ein sehr erfreulicher Anblick – oder wäre es gewesen, wenn sie nicht das Wasser hätten ausschöpfen müssen, das durch das Leck ins Beiboot eindrang. Maque machte ein finsteres Gesicht. Lendles Reparaturversuch hatte das Eindringen des Wassers nur verlangsamt, und der Hebel an der Seite brach gleich beim ersten Mal, als sie ihn benutzte, ab.

»IstschongutistjawirklichschongutMaquestaKarThon«, schnatterte der kleine Gnom eilig. »IchhabeeinenPlanesrichtigzubefestigensodaßesnochbesserhältalszuvor.« Er zwinkerte ihr zu und warf einen Blick auf das Leck. »Ich mache mich gleich an die Arbeit, sobald wir alles erledigt haben!« fügte er hinzu. Endlich sprach er so langsam, daß sie ihn auch verstehen konnte.

Maquesta verzog schweigend das Gesicht.

Nachdem sie das Beiboot auf einen sandigen Strandabschnitt gezogen und vergeblich versucht hatten, das Wasser aus ihren Stiefeln loszuwerden, bat Fritzen um eine Planänderung. Er zog Maque zur Seite und redete leise auf sie ein, wobei er Lendle beobachtete, um sicherzugehen, daß der mit der Inspektion des Beiboots beschäftigt war.

»Maque, können wir uns am Schiffshof treffen, sobald du auf dem Markt fertig bist? Ich glaube, wir müssen das Beiboot zum Flicken dorthin bringen, bevor Lendle seine dauerhaften Reparaturen ausführt – sonst schaffen wir es am Ende gar nicht mehr auf die *Perechon* zurück. Ich hoffe, ich habe bis dahin auch neue Segel dabei.«

Lendle, der offenbar gelauscht hatte, warf Fritzen einen finsteren Blick zu, fiel dann aber in Maques zustimmendes Lachen mit ein.

Sie verabredeten, sich nach dem Mittagessen an der Werft zu treffen, denn jeder verstand, daß sie die Rückkehr vielleicht würden verschieben müssen, falls es mit dem Beiboot länger dauerte.

Obwohl ihre Familie von Saifhum stammte, hatte Maquesta auf der Insel nie viel Zeit verbracht. Jedesmal, wenn sie zu Besuch kam, schwor sie sich jedoch, öfter zurückzukehren. Als sie an diesem Tag zusah, wie Lendle auf dem sonnigen Marktplatz gekonnt mit ebenso gewieften Händlern feilschte, war Maque so zufrieden, daß sie fast vergaß, was vor ihr lag – und was hinter ihr. Die Sorge um ihren Vater verließ sie niemals ganz. Und sie wollte auch nicht vergessen.

Während sie über die sauber gefegten Straßen wanderten,

hatten Maque und Lendle bald die geplanten Vorräte an Obst und Gemüse und das Metallteil gekauft, das Lendle für seine Gnomenmaschine brauchte.

»Willst du mich zum Schiffshof begleiten?«

»Nein, Maquesta Kar-Thon. Ich muß noch anderswohin.«

»Laß mich raten – wir treffen uns im Meerburger Hof zum Essen. Wenn ich vor dem Essen dort ankomme, bist du im Hinterzimmer. Richtig?« fragte Maquesta argwöhnisch.

Lendle strahlte. Der Meerburger Hof war das größte Lokal seiner Art in der Stadt. Neben Übernachtungsmöglichkeiten für seine Gäste bot er einen großen Speisesaal, wo man rund um die Uhr gute, frisch zubereitete Mahlzeiten serviert bekam, und ein Hinterzimmer, in dem die Kartenspiele niemals endeten. Die beliebtesten Spiele waren Legion, Schicksal und Prisenjagd, letzteres eine komplexere Version eines Kinderspiels namens Jagd. Lendle liebte Kartenspiele. Einmal hatte er drei Tage und zwei Nächte durchgespielt, erinnerte sich Maque. Und über diese Spiele hatte er so lange geredet, daß er über eine Woche nicht mehr an seine Erfindungen gedacht hatte.

»Also, Lendle«, mahnte Maque, »vergiß nicht, warum wir hier sind und was wir auf dieser Reise noch vorhaben. Du kannst nicht mehr viele Stahlstücke besitzen; Vartan sagte, du hättest zu der Sammlung für das Segel beigetragen. Und ich würde es begrüßen, wenn du dein Geld hütest, falls wir noch etwas anderes kaufen müssen.«

»Maquesta Kar-Thon! Du brauchst dir keine Sorgen um mich zu machen«, sagte Lendle streng und richtete sich zu seiner ganzen Größe von knapp einszwanzig auf.

Maque wußte, daß Lendle nie absichtlich in Schwierigkeiten geriet. Es geschah mitunter einfach so, obwohl er die besten Absichten gehegt hatte. Andererseits konnte sie sich trotz seiner Genügsamkeit nicht vorstellen, daß der Gnom noch genug Münzen für einen größeren Einsatz im Kartenspiel besaß.

Nachdem sie ein paar Schritte in Richtung Werft gelaufen war, drehte sie sich noch einmal um. Sie wollte Lendle zuwinken, aber der sah sie nicht mehr. Er hatte bereits seine automatische Geldbörse herausgezogen und hastete die Straße zum Gasthaus hinunter.

»Ihr habt das Boot von einem Gnom reparieren lassen?« Der ältere Schiffsbauer, ein Mensch, lachte und lachte, als würde er nie wieder damit aufhören. Schließlich wischte er sich die Tränen aus den Augen, bemühte sich sichtlich um ein ernstes Gesicht und sagte: »Ich will sehen, was ich tun kann, um das Boot in Ordnung zu bringen, aber es wird wohl ein paar Stunden dauern. So lange brauche ich wenigstens, denn ich muß erst die Gnomenarbeit rückgängig machen und das Boot dann anständig reparieren. Ich bringe es an den Kai, sobald es fertig ist.« Er unterdrückte ein neuerliches Lachen, als er sich umdrehte, kopfschüttelnd davonlief und dabei mit sich selber sprach.

Maque und Fritz hatten das Beiboot zum Schiffshof gerudert und dabei wieder nasse Füße bekommen. Maque war müde und hungrig und nicht in der Stimmung, sich vom Humor des Schiffsbauers mitreißen zu lassen, der auf ihre Kosten ging. Sie starrte dem Mann nach und biß sich auf die Zunge, damit sie nicht etwas sagte, was sie später zweifellos bedauern würde.

»Immer langsam, Maquesta«, sagte Fritz mit einem breiten Lächeln. »Er meint es nicht böse. Das Boot ist bald wieder in Ordnung, und heute nachmittag werden die neuen Segel für das Schiff geliefert. Ich habe ein paar Gefälligkeiten eingefordert, habe versprochen, meinen Freunden einen kleinen Zins zu zahlen, und zusammen mit den Münzen, die Vartan und Hvel gesammelt haben, habe ich jetzt genug Geld, um alle deine Segel zu ersetzen. Die besten von den alten Segeln können wir für zukünftige Reparaturen aufheben.«

Maquesta sprang auf und umarmte ihn. »Das ist ja wunderbar!« rief sie. Dann riß sie sich gleich wieder zusammen und rückte einen Schritt von ihm ab im neuerlichen Versuch, sich geschäftsmäßig zu geben. »Ich habe es schon ernst gemeint, als ich sagte, ich würde es deinen Freunden zurückzahlen, sobald ich wieder Einkünfte habe.«

»Daran werde ich dich zu gegebener Zeit erinnern«, erwiderte er, »aber nur, wenn ich dir jetzt etwas zu essen kaufen darf.« Er schüttelte einen kleinen Beutel an seiner Seite, in dem noch ein paar Münzen steckten.

»Gehen wir in den Meerburger Hof«, schlug Maque vor, die sich nur allzu bewußt war, daß Fritz' Arm den ihren beim Gehen streifte. »Lendle wollte dort essen, und ich habe das Gefühl, wir sollten mal nach ihm sehen.«

Sie gingen langsam auf das Gasthaus zu, genossen die Zeit zusammen und das Gefühl, daß vielleicht doch noch alles gut werden würde. Als sie ankamen, füllte sich der Speisesaal des Wirtshauses bereits mit Mittagsgästen, aber Lendle war nirgends zu sehen. Nachdem Maque und Fritzen jedoch das Hinterzimmer betreten hatten, erspähten sie ihn sofort.

Lendle saß an einem großen runden Tisch und teilte Karten an eine Runde Spieler aus, die aus zwei Matrosen, einem Kaufmann, ein paar Meerburgern und einem Zwerg bestand. Der große Stapel Spielsteine vor ihm verriet, daß der Gnom gewonnen hatte – und zwar in großem Stil. Das Spiel hieß Prisenjagd, und es erforderte vierzig Münzen Einsatz. Als Kind hatte Maque es oft mit Lendle gespielt und dabei Angelhaken oder Muscheln eingesetzt. Lendle hatte sie oft absichtlich gewinnen lassen. Diesmal sah es allerdings so aus, als hätte Lendle bei seiner augenblicklichen Glückssträhne keinen Anlaß, andere gewinnen zu lassen.

»Vielleicht können wir deine Freunde sogar früher auszahlen, als wir dachten«, flüsterte Maquesta Fritz zu.

Maque winkte dem Gnom zu und schaffte es schließlich, ihn

auf sich aufmerksam zu machen. Sie fuhr sich mit der Hand über die Kehle und formte mit den Lippen deutlich die Worte: »Schluß jetzt. Wir sehen uns im Speisesaal.«

Lendle schob die Unterlippe vor, betrachtete seine Spielsteine, dann sah er zu Maquesta zurück und winkte glücklich. »Meine letzte Runde!« zirpte er seinen Mitspielern zu. Erst nachdem Fritz und Maque außer Hörweite waren, fügte er hinzu: »Na, vielleicht auch nur die vorletzte oder vorvorletzte.«

Nachdem sie im Speisesaal Platz genommen hatten, ging Maque das Angebot auf der Schiefertafel durch. Ihre Augen schweiften über Köstlichkeiten, die sie monatelang nicht genossen hatte. »Rindfleisch. Huhn. Kipper.« Sie seufzte glücklich »Keine Aalsuppe. Keine Bohnensuppe. Kein Zwieback. Das ist wunderbar.«

»Wenn du gestattest«, sagte Fritz und winkte einer Bedienung. »Die Dame hätte gern ein dickes Steak mit Kartoffeln und ein Glas von eurem besten Wein. Für mich dasselbe, aber mir bringst du dazu einen Krug Würzbier.«

Das Schankmädchen streckte ihm die offene Hand entgegen. »Zuerst die Münzen«, forderte sie. »Im Meerburger Hof wird vor dem Essen bezahlt.«

Fritz zog seine Börse heraus und zählte die Münzen ab, die er dem Mädchen mit großer Geste reichte.

»Du bist ja reich«, scherzte Maque.

»Nach dem Essen nicht mehr«, erwiderte er und schüttelte seine Börse, die jetzt nur noch leise klimperte. »Aber das haben wir uns verdient.« Er schaute in seinen Münzbeutel. »Ich glaube allerdings, daß Lendle sich selbst etwas zu essen kaufen muß.«

Sie kicherte. »Das macht nichts. Wenn ich an seine Spielsteine denke, würde ich sagen, er kann es sich leisten.«

Der Gnom hatte sich noch immer nicht zu Fritz und Maque gesellt, als deren dampfend heißes Essen gebracht wurde. Maquesta machte es nichts aus, mit dem Halboger allein zu sein, doch sie machte sich allmählich Gedanken um Lendle. Ein Bissen von ihrem Steak ließ sie ihre Sorge jedoch augenblicklich vergessen, und sie aß, als wäre sie am Verhungern.

Als sie fertig waren, war Lendle immer noch nicht da. Er tauchte auch nicht auf, nachdem sie ihr zweites Getränk geleert hatten. Maquesta schüttelte ihre Locken. »Für mich nichts weiter. Ich muß einen klaren Kopf behalten. Und mir scheint, ich sollte endlich unseren Ingenieur abholen.«

Maque hatte gerade beschlossen, Lendle einzusammeln und ihn damit aufzuziehen, was für ein gutcs Steak er versäumt hatte, als plötzlich lautes Geschrei aus dem Hinterzimmer herüberdrang und Maquestas Pläne zunichte machte. Aus dem Gezeter konnte Maque die nasale, sich überschlagende Stimme des Gnoms heraushören. »Dukannstnichtaussteigen. DumußtmireineChancegebeneszurückzugewinnenunddannkannichdichbezahlen.«

»Ich muß überhaupt nichts dergleichen«, erwiderte eine schroffe Stimme. »Du mußt mich *auf der Stelle* auszahlen.«

»Ja! Zahl ihn jetzt aus, Kleiner«, mischte sich eine zweite Stimme ein.

»Was ist los, du Spitzenspieler? Stehst du nicht zu deinen Schulden?« Das war wieder die schroffe Stimme.

»IchstehezumeinenSchulden. LaßtunsnocheineRundespielen vielleichtauchzwei. Dannkannichdichauszahlen. Ehrlich.«

Als Maque, dicht gefolgt von Fritzen, im Hinterzimmer ankam, sah sie, daß Lendles Spielsteinvorrat dahingeschmolzen war. Der Gnom hatte sich breitbeinig vor dem reich aussehenden Kaufmann aufgebaut und seine kleinen Fäuste erhoben, als wolle er sich mit dem viel größeren Mann anlegen. Doch als die anderen Spieler sich auf die Seite des Kaufmanns schlugen und der Zwerg seine Hand an einen scharfen Dolch legte, nahm der Gnom die Fäuste herunter und plapperte wieder drauflos.

Daraufhin stürmte einer der Spieler aus dem Zimmer. Er kam dabei an Maquesta und dem Halboger vorbei, welcher seine drei verbliebenen Stahlstücke hochhielt. »Ich nehme an, das hier wird wohl nicht reichen«, sagte Fritz.

Maque verzog das Gesicht, während sie die Szene in sich aufnahm. Sie merkte, wie eine Welle der Enttäuschung sie überkam. »Ich bezweifle, daß es auch nur ein Tropfen auf den heißen Stein ist«, antwortete sie offen.

Es schien nur wenige Augenblicke zu dauern, bis die Hafenwachen eintrafen, angeführt von dem Spieler, der aus dem Haus gelaufen war. Fritz und Maque sahen hilflos zu, wie die Wachen Lendle abführten und ihm erklärten, er würde seine Schulden abarbeiten müssen, um mit dem Kaufmann ins reine zu kommen.

Abarbeiten oder ins Gefängnis wandern. Für lange Zeit.

Kapitel 11
Die Rettung

Maquesta hielt ein Schankmädchen am Ärmel fest, das mit einem leeren Tablett vorbeikam. »Wo werden die Leute hingebracht, die verhaftet werden, weil sie ihre Spielschulden nicht bezahlen können?« fragte sie.

»Je nachdem«, erwiderte das Mädchen mit einem Blick auf Maque vorbei zur Küche, als ob es dort dringend etwas abholen müßte. »Am besten fangt ihr im Büro des Oberwachtmeisters an, am Hauptplatz.« Sie warf sich die Haare über die linke Schulter, als sie sich losriß, und gab damit Maque eine ungefähre Vorstellung von der Wegrichtung.

»Ich weiß, wo das ist. Gehen wir«, sagte Maque zu Fritzen. Sie ging voraus, aus dem Wirtshaus hinaus und durch die sauberen Straßen von Meerburg.

Weil die steilen Berge der Insel fast bis an die Küste reichten, hatte sich Meerburg zu einer langgezogenen Stadt entwickelt, die sich ohne echtes Zentrum an der Bucht entlang erstreckte. Zum Westende der Bucht hin, wo terrassenförmige Felder an den Hängen angelegt waren, gab es einen kleinen Platz mit einer großen Sonnenuhr in der Mitte. Den gepflegten Rasen des Platzes umstanden Steinhäuser, welche die Amtsstuben derer beherbergten, die für alle offiziellen Geschäfte in Meerburg zuständig waren – Stadtschreiber, Notar, Wachtmeister, Bürgermeister.

»Blöder, eselhirniger Sohn eines Bastards vom Misthaufen! Es geschähe ihm ganz recht, wenn er hier ein paar Wochen in einer Zelle verrotten müßte«, erregte sich Maque über den

Gnom, während sie die steile Treppe hochstapfte, die zum schmalen Eingang der Wachstube führte. »Ich kann mich nicht so lange in dieser Stadt herumtreiben. Wir müssen den Morkoth fangen. Ich hätte große Lust, diesen strohköpfigen Nichtsnutz hierzulassen und erst auf dem Rückweg abzuholen. Würde ihm guttun.«

»Wer hat dich gelehrt, so viele Beleidigungen aneinanderzuhängen, ein Kender?« fragte Fritzen trocken. »Wenn du so eine Einstellung zu Lendle hast, dann überlaß ihn doch einfach seinem Schicksal.«

Maque warf ihrem Begleiter einen vernichtenden Blick zu. »Wie kannst du nur so etwas sagen? Eher würde ich mir die rechte Hand abhacken. Er ist mein Freund. Und ich brauche ihn. Aber ich bin wütend, daß er sich in diese Lage gebracht hat und daß wir uns die Zeit nehmen müssen, ihn da wieder rauszuholen. Er weiß doch, daß wir sehr unter Zeitdruck stehen.«

Oben auf der Treppe blieb Maque einen Augenblick stehen, um durchzuatmen und sich zu sammeln. Als Abbild von Saifhums Streben nach Recht und Ordnung stellte die Wache die anderen Ämter bei weitem in den Schatten. Ihre massiven, rechteckigen Granitblöcke reckten sich vier Stockwerke in die Höhe und endeten mit einem flachen Dach, das von einem Söller verdeckt war, der Maques Überzeugung nach auch eine Schar Wachen versteckte. Wenn Lendle hier festgehalten wurde, würde es nicht leicht werden, ihn herauszuholen.

»Warte hier draußen auf mich«, sagte Maque zu Fritzen.

»Aber, Maque …« Er hob zum Protest an, aber sie brachte ihn zum Schweigen.

»Ich weiß, wie diese Insulaner sind, und sie werden glauben, mich zu kennen, weil ich aussehe wie sie. Du aber würdest nur ihren Argwohn wecken. Und wenn sie mißtrauisch werden, stellen sie vielleicht jemanden zu unserer Verfolgung ab, solange wir in Meerburg sind. Das wäre eine Komplikation, die wir bestimmt nicht brauchen können. Allein werde ich mehr Chancen haben, etwas zu erfahren«, erklärte Maque. »Wir treffen uns auf dem Platz. Wenn ich bis zum Abendessen nicht wieder draußen bin, kannst du versuchen, herauszufinden, was passiert ist.«

»Ja, Kapitän«, erwiderte Fritz und machte eine spöttische Verbeugung. »Du gebietest, und ich gehorche demütig.«

Maque schürzte die Lippen und stemmte die Hände in die Hüften. Sie hatte schon eine spitze Bemerkung auf den Lippen, doch dann besann sie sich eines Besseren, machte auf dem Absatz kehrt und ging hinein.

Die Maquesta, welche die Wache betrat, hatte einen ganz anderen Ausdruck im Gesicht als den, welchen sie eben auf der Treppe gezeigt hatte. Eher demütig bittend als fordernd näherte sich Maque einem hohen Tresen, der den Zugang zum Rest des Hauses versperrte. Dahinter saß ein Beamter, der eifrig mit einem Federkiel über ein langes Stück teuren Pergaments kratzte.

»Ach bitte, mein Herr, könntet Ihr mir wohl helfen?« fragte Maque in flehendem Ton.

»Worum geht es?« gab die Wache mit automatischer Schroffheit zurück, ohne vom Schreiben aufzusehen. Als der Mann kurz darauf doch aufsah und eine attraktive junge Frau vorfand, die offensichtlich Hilfe brauchte, wurde seine Haltung sichtlich freundlicher.

Maque lächelte ihn gewinnend an. »Meine Familie und ich leben auf der anderen Seite der Insel, und ich bin mit einem unserer Diener nach Meerburg auf den Markt gekommen. Jetzt sieht es so aus, als hätte er im Meerburger Hof Schwierigkeiten bekommen. Vater wird so wütend sein. Ob Ihr mir wohl verraten könntet, wo ich meinen Diener finde und wie ich seine Tat wieder gutmachen kann?« Maque redete leise und hielt die Hände sittsam vor dem Körper gefaltet. Sie hatte immer noch die Taschen mit den Einkäufen dabei, die sie und

Lendle am Morgen besorgt hatten, was ihre Geschichte glaubwürdiger machte.

»Diener, ja?« fragte der Wachtmeister und musterte sie von oben bis unten.

Einen Augenblick befürchtete Maque, sie hätte die falsche Geschichte erzählt. Der Wachtmeister würde niemals glauben, daß jemand in ihrem bescheidenen Aufzug aus einer Familie mit Dienerschaft stammte. Aber, nein, es gab reichlich einfache, hart arbeitende Menschen auf Saifhum, von denen viele reich genug waren, mehrere Dienstboten zu haben.

»Wie lautet der Name des Dieners?«

»Lendle, Lendle Chafka. Er ist ein Gnom.«

»Gnom! Ach, der. Der war nicht zu übersehen. Er hat Wachtmeister Rappa hart gegen die Schienbeine getreten, als sie ihn brachten, und die ganze Zeit geheult, daß er zurückmüßte, um seine Spielsteine zurückzugewinnen«, sagte der Wachtmeister und klopfte mit seinem Federkiel auf den Tisch. »Es kommen nicht viele Gnomen nach Meerburg – hätte nicht gedacht, daß überhaupt welche auf der Insel leben.« Aus seiner Stimme sprach jetzt deutliches Mißtrauen.

»Auf der *anderen* Seite der Insel«, erinnerte Maque ihn schnell, während sie mit ihren langen Wimpern klimperte. »Er arbeitet noch nicht lange bei uns, und wenn er sich so benimmt, wird er auch nicht mehr lange bleiben«, sagte sie mit gespielter Empörung. »Also ist er hier?«

»Ach was. Wer im Gefängnis sitzt, kann keine Schuld abarbeiten, findet Salomdhi. Wir hätten den Gnom schon ein Weilchen eingesperrt, aber Salomdhi wollte ihn gleich mit in sein Haus nehmen, damit er dort mit der Arbeit anfängt«, berichtete der Beamte anerkennend. »Wenn's um Geld geht, läßt Salomdhi nichts anbrennen, soviel steht fest.«

»Salomdhi?« fragte Maque nach.

»Das ist der Mann, an den Euer Diener beim Kartenspielen Geld verloren hat. Er ist Kaufmann, der größte von Meerburg.

Mit einem Obststand hat er angefangen, und jetzt gehört ihm die Hälfte der Geschäfte am Marktplatz.«

»Könnt Ihr mir sagen, wo dieser Herr Salomdhi wohnt?« erkundigte sich Maque. »Vielleicht kann ich mit ihm reden und es so einrichten, daß mein Vater ihm das Geld schickt. Lendle ist schließlich unser Diener. Wenn er schon umsonst arbeiten muß, kann er das genausogut für uns tun.«

»Sicher. Folgt die Straße hinter der Wache bis zum Ende. Salomdhi wohnt in einem großen weißen Haus mit rotem Ziegeldach, dem größten Haus in der Straße. Es ist nicht zu übersehen«, gab der Wachtmeister zuvorkommend Auskunft.

Maque hatte sich bereits bedankt und wandte sich ab, als er ihr nachrief: »Junge Dame! Viel Glück bei Eurem Geschäft – Salomdhi ist ein zäher Verhandlungspartner.« Der Beamte lachte in sich hinein. Die Vorstellung des ungleichen Handels zwischen Maquesta und dem Kaufmann amüsierte ihn.

Maque lächelte selbst in sich hinein. Der hat noch keinen zähen Verhandlungspartner kennengelernt, dachte sie. Bis jetzt.

Auf dem Platz vergnügte Fritzen sich damit, mit kleinen Steinchen nach Passanten zu werfen und sich dann rasch umzudrehen, wenn die herauszufinden versuchten, was sie getroffen hatte.

»Glaubst du nicht, daß eine der Wachen dort oben längst gesehen hat, was du hier machst? In dieser Stadt könnte das schon reichen, um dich hinter Gitter zu bringen«, ermahnte ihn Maque.

»Ich lebe gefährlich, und so gefällt es mir.« Fritzen grinste bei seiner Antwort.

»Also ehrlich! Erst Lendle und jetzt du. Ich bin von einer Mannschaft Halbwüchsiger umgeben – zumindest dem Benehmen nach.«

Plötzlich kam Maque das Bild in den Sinn, wie ihr Vater auf dem Deck der *Perechon* mit Averon gerungen hatte. Die Erinnerung ließ sie zusammenfahren. Bei dem Gedanken an Melas verstärkte sich ihr Gefühl, daß die Zeit drängte. »Gehen wir. Ich weiß, wo Lendle ist.«

Im Gehen erzählte sie Fritzen, was der Wachtmeister ihr über Salomdhi und Lendles Strafe berichtet hatte. Die Nachricht vom Reichtum des Kaufmanns ließ Fritzens Augen aufleuchten. »Klingt, als gäbe es aus dem Haus mehr herauszuholen als nur Lendle«, sagte er augenzwinkernd.

»Fritz! Das können wir nicht riskieren. Wir müssen uns darauf konzentrieren, Lendle zu befreien und den Morkoth zu finden«, entgegnete Maque hitzig. »Wenn du das nicht begreifst, hättest du diese Reise vielleicht nicht antreten sollen.«

Fritzen, der plötzlich ernst wurde, beruhigte sie. »Ich stehe sowohl bei deinem Vater, der mich nach dem Sinken der *Torado* aufgenommen hat, als auch bei Lendle, der mich durch eine finstere Zeit gebracht hat, tief in der Schuld.« Ein Schatten huschte über das Gesicht des Halbogers, als er diese beiden Episoden erwähnte. »Ich bin jemand, der eine Verpflichtung weder vergißt noch versäumt. Du kannst dich auf mich verlassen, Maquesta.«

Meerburg war kein besonders großer Ort, so daß sie das Anwesen des Kaufmanns bald erreicht hatten. Da es am Fuß eines der zerklüfteten Berge gebaut war, welche die Stadt begrenzten, erstreckte es sich an der Straße entlang, war aber nicht besonders tief. Von beiden Seiten des Hauses führte eine weiße Steinwand, eineinhalb mal so hoch wie Fritzen und mit denselben Ziegeln bedeckt wie das Hausdach, bis zum Fuß des Berges.

Maque und Fritz beschlossen, den ummauerten Garten zu erkunden, ehe sie sich der Eingangstür des Hauses näherten. Maquesta wußte, daß sie zwar den Wachtmeister dazu gebracht hatte, ihr die Geschichte des Gnoms als Diener der Familie abzunehmen, doch bei dem Kaufmann würde es mit demselben Strickmuster schwieriger werden, besonders wenn er sie im Meerburger Hof gesehen hatte.

Fritzen kniete sich hin, damit Maque auf seine Schultern klettern konnte, dann stand er langsam wieder auf. »Du bist sehr leicht, weißt du?« witzelte er. »Ich könnte dich den ganzen Tag tragen.«

»Schsch!« schalt sie ihn. »Jemand könnte dich hören.«

Maque spähte über die Mauer und sah einen ausgedehnten Garten mit einer Reihe von Blumen- und Gemüsebeeten und ein paar Kirschbäumen. Zuerst konnte Maquesta niemand erkennen. Dann wurde sie auf eine Bewegung auf der anderen Seite des Gartens, wo der Berg begann, aufmerksam. Sie sah Lendle aus einer Tür hervortreten, die so perfekt in die zerklüftete Bergwand paßte, daß man sie niemals bemerkt hätte, wenn sie nicht aufgegangen wäre.

Lendle trug zwei Hacken, eine Harke und verschiedene andere Gartenwerkzeuge zu einem der Gemüsebeete hinüber, wo er bereits etwas aufgebaut hatte, was für Maque so aussah wie eine Stange an einem Karren mit zwei Rädern und einem Griff zum Schieben. Von der Spitze der Stange gingen mehrere Arme aus, wie Speichen von einem Rad. Trotz ihrer waghalsigen Stellung mußte Maque kichern. Der Gnom schickte sich an, die Hacken und einige andere Gartenwerkzeuge an seinem Apparat zu befestigen. Es sah so aus, als hätte Lendle eine Art automatischen Unkrautrupfer erfunden, nur waren die Hacken genau in der richtigen Höhe, um die Köpfe des Gartengemüses abzuschneiden. Salomdhi wußte wohl nicht, was ihm bevorstand.

»Weißt du noch, wie ich gesagt habe, du wärst leicht?« flüsterte Fritz. »Vergiß es. Du wirst immer schwerer.«

»Schsch!« schimpfte Maquesta wieder. »Ich schaue nur noch einen Moment zu.«

Nach einem neuerlichen Blick über das ummauerte Gelände

glaubte Maque zu wissen, daß Lendle allein war, aber sicher konnte sie nicht sein. Der Garten war einfach zu groß. Und selbst wenn der Gnom allein war, wäre es zu riskant gewesen, ihn zu rufen. Die Fensterreihen an der Rückseite von Salomdhis Haus spiegelten die Sonne wider, so daß Maquesta unmöglich erkennen konnte, ob hinter einem dieser Fenster jemand stand und in den Garten schaute.

Während Maque noch überlegte, was sie tun sollte, sah sie einen rundlichen Mann mit glatt nach hinten gekämmten Haaren geschäftig aus dem Haus eilen. Maque duckte sich ein wenig, damit ihr Kopf hinter der Mauer nicht mehr zu sehen war. Sie erkannte den Mann vom Spieltisch. Der Kaufmann, offenbar Salomdhi persönlich, winkte den Gnom zu sich und rief dabei seinen Namen, »Lendle Chafka!«, so aus, als wäre der eine Krankheit. Zum Glück führte sein Ruf Lendle näher an Maques Standort heran, so daß sie dem Gespräch lauschen konnte.

»Was ist los?« raunte Fritzen.

»Schsch. Ich sag's dir gleich«, flüsterte Maquesta zurück.

»Kein *Schsch* mehr. Was passiert da?«

Sie schob ihren Kopf wieder hoch. »Ich kann Lendle sehen. Schsch!«

»Ich habe einen Geschäftstermin«, gab Salomdhi wichtigtuerisch bekannt. »Zieh dein Hosenbein hoch.«

Maque hörte nicht, was der Gnom antwortete, falls er das überhaupt tat, aber glücklich wirkte er jedenfalls nicht. Sie streckte den Kopf etwas höher, um besser sehen zu können. Es sah so aus, als ob Salomdhi sich bückte und etwas an Lendles Knöchel befestigte. Als der Kaufmann sich aufrichtete, duckte Maque sich wieder.

»Aus diesem Garten führt kein Weg hinaus, nur durch das Haus, und dort werden die Diener dich nicht einlassen«, sagte Salomdhi. »Du brauchst also gar nicht erst an Flucht zu denken. Dieser Zauber an deinem Knöchel gestattet mir, dich überall aufzuspüren, und ich habe den einzigen Schlüssel dazu. Du kannst natürlich gerne *versuchen,* zu entkommen. Das wird mir deine Dienste für viele weitere Monate erhalten. Ich brauche schon lange einen Gärtner.«

Als der Kaufmann in der Berghöhle verschwand, wollte Lendle ihm folgen. Doch bevor der Gnom die Tür erreichte, tauchte Salomdhi mit einem groben Sack wieder auf. Der Kaufmann sah sich im Garten um, wo er wenig Spuren getaner Arbeit entdecken konnte.

»Denk daran, ich will, daß in allen drei Gemüsebeeten bis heute abend das Unkraut gejätet ist. Morgen kannst du damit anfangen, die Kirschbäume zu beschneiden.« Damit stolzierte er erhobenen Hauptes aus dem Garten, genau wie er gekommen war.

Als Maque wieder über die Mauer blinzelte, betastete Lendle gerade den Reifen, den ihm der Kaufmann um den Knöchel gelegt hatte. Das neue Spielzeug lenkte ihn vorläufig von seiner Arbeit ab.

Maque sprang hinunter, um sich mit Fritzen zu beraten, der sich die Schultern rieb und schmerzhaft das Gesicht verzog. »Der Kaufmann ist weg«, sagte sie. »Außer den Dienstboten ist, glaube ich, niemand mehr im Haus. Man könnte ihn leicht rausholen, bloß ...«

»Bloß was?« fragte Fritzen.

»Bloß hat Salomdhi eine Art Zauber um Lendles Knöchel gelegt. Er sagt, damit könnte er Lendle überall aufspüren, wenn er zu fliehen versucht.«

Fritzen schaute zweifelnd drein. »Dieser Kaufmann sah nicht so aus, als hätte er magische Gegenstände im Haus. Vielleicht ist das ein Trick. Gehen wir erst mal hinein und reden mit Lendle. Dann können wir uns immer noch über dieses Ding Gedanken machen. Außerdem ist es vielleicht so wertvoll, daß wir es mitnehmen sollten.«

»Na gut«, stimmte Maque zu. Sie schickte sich an, wieder auf Fritzens Schultern zu steigen.

Diesmal legte er schwach Protest ein. »Ich bin doch keine Leiter.«

»Nur eine Minute«, versicherte sie. »Wenn ich an dir hochsteige, kann ich mich über die Mauer ziehen. Aber auf wessen Schultern willst *du* stehen?«

»Auf gar keinen«, sagte Fritzen, während Maque schon hochgeklettert war. »Manche von uns brauchen eben eine Hilfestellung«, scherzte der Halboger, »andere hingegen schaffen es allein.«

Für diese Bemerkung versetzte Maque ihm einen nur halb scherzhaft gemeinten Tritt, der knapp an seiner Nase vorbeiging. Maque schaute zum Himmel hoch und sah, daß die Sonne ein bißchen weitergewandert war und jetzt hier an der Gartenmauer Schatten warf, die Maquesta etwas Schutz boten, falls jemand vom Haus aus in den Garten blicken sollte. Die Arme auf die Mauer gestützt, begann sie sich hinüberzuziehen.

Erst nachdem Maque leise auf der anderen Seite auf dem Boden gelandet war, wurde sie von Lendle bemerkt. Ohne erkennbare Überraschung eilte er zu ihr hin und verzog mißbilligend das Gesicht. »Wowarstdudenn?« fragte er verstimmt. »HastdukeineAhnungwielangeichschonaufdichwarte?«

»Sei bloß still, Lendle. Nach all dem Ärger, den wir in letzter Zeit im Zusammenhang mit Wetten hatten, hätte ich nicht gedacht, daß du dich in ein Prisenjagdspiel hineinziehen lassen und dann noch herumstreiten würdest, wenn du verlierst«, schimpfte Maque. »Wir haben keine Zeit für so was. Mein Vater. Der Morkoth. Schon vergessen?«

Lendle war wenigstens anständig genug, beschämt zu sein. Eine tiefe Röte überzog seine nußbraune Haut, bevor er zu seiner Verteidigungsrede ansetzte. »Ichhabenichtverloren«, schäumte er. »DaswarnureinkurzfristigerRückschlag.«

Maque verdrehte die Augen.

»DieseraffigeSalomdhihatkeineAhnungwiemanrichtigKartenspielt«, beschwerte sich der Gnom eifrig. »ErhatauchkeineAhnungvomGärtnernoderwiemaneinordentlichesUnkrautzupfsystementwickelt.« Lendle nahm Maque an der Hand und begann, sie nach hinten in den Garten zu ziehen, zu der Tür, die er vorhin benutzt hatte. »Aber, Maquesta Kar-Thon ...« Lendles Sprechweise wurde langsamer, was auf seine wachsende Aufregung hindeutete. »Ich muß dir etwas zeigen. Von *einer* Sache hat dieser Dummkopf nämlich schon Ahnung«, sagte er und zerrte immer noch an ihrer Hand.

»Warte mal kurz, Lendle, ich glaube, Fritz will sich uns anschließen.«

Ein Aufprall gegen die Außenseite der Gartenmauer kündigte das Auftauchen des Halbogers an. Fritzen hatte Anlauf genommen, war an der Wand hochgesprungen, so weit er konnte, und nutzte nun den kleinen Vorsprung, den seine Füße an der senkrechten Wand fanden, um sich höher zu stemmen, damit er mit den Händen die Oberkante der Mauer packen konnte. Geschmeidig schwang er sich hinüber, machte einen Rückwärtsüberschlag in den Garten und landete sicher auf den Füßen.

»Angeber«, sagte Maque kühl.

Fritzen grinste. »Was ist mit dem Zauber?« fragte er.

»Sieht so aus, als wärst du bezaubernd genug«, bemerkte der Gnom, der Maque weiter hinter sich herzog.

»Lendle will uns erst etwas anderes zeigen«, erklärte Maque ihrem Begleiter.

Fritzen, der nicht gesehen hatte, wie Lendle vorhin aus dem Berg getreten war, sah gehörig beeindruckt aus, als der Gnom die verborgene Tür aufmachte. Sie betraten eine kühle, geräumige Höhle, in der Salomdhi Gartenwerkzeug, Saatgut, Wurzelgemüse, Säcke und dergleichen aufbewahrte. Es war ein wahres Gärtnerparadies, das für den Reichtum des Kaufmanns sprach.

»Und deshalb bist du so aufgeregt?« fragte Maque überrascht. »Lendle, wir müssen von hier verschwinden. Wir haben für so etwas keine Zeit.«

»Nein. Nein. Nein, Maquesta Kar-Thon. Du mußt dir das ansehen.« Lendle führte sie an die rechte hintere Ecke der Höhle. Dort griff er nach einem Pflanzenheber und fuhr damit über die roh behauenen Felswände, bis er an einen unauffälligen Handgriff kam, der ganz leicht aus dem Stein herausragte. Als Lendle an dem Griff zog, sah Maque, daß dieser an einer kleinen, rechteckigen Metallplatte befestigt war, die beim Ziehen aus dem Fels hervortrat. Sobald die Platte ganz ausgezogen war, erklang in der Wand eine Reihe merkwürdiger, metallischer Geräusche.

»Gewichte und Gegengewichte«, erklärte Lendle kurz. »Sehr einfallsreich.«

Plötzlich, als eine Steintür nach rechts glitt, tat sich vor ihnen eine Öffnung auf. Die Haupthöhle wurde durch die offene Außentür mit Licht versorgt, aber in der zweiten Höhle war es stockdunkel.

»Wartet«, mahnte Lendle. Er bückte sich, tastete links von der Tür an der Innenwand entlang und kam mit einer Laterne zurück. Fritzen schlug Feuer mit einem Zunderkästchen, das er neben einem Beutel Rüben entdeckt hatte. Als der Halboger die Laterne hochhielt, schnappte Maque nach Luft.

Ein großer Beutel aus Sackleinen, bis obenhin mit Goldstücken gefüllt, war am Boden aufgerissen und ein Teil seines Inhalts über den Boden der Kammer verschüttet. Das war das erste, was Maque sah. Dahinter standen, fast bis an die Decke übereinander gestapelt, noch viel mehr Säcke bis zur linken Wand. Ihren ausgebeulten Silhouetten nach waren sie ebenfalls mit Münzen gefüllt. Um die Beutel herum waren weitere Schätze sortiert und ebenfalls wackelig übereinander gelegt: goldene Kerzenhalter, in die glitzernde Rubine eingearbeitet waren, goldene und silberne Schüsseln und Teller, lackierte

Kästen und juwelenbesetzte Truhen. Maque klappte den Deckel einer Truhe auf. Sie war mit einer Vielzahl von Edelsteinen gefüllt – Saphire, Diamanten und Smaragde.

Aber was die andere Seite der Höhle barg, verschlug Maquesta endgültig den Atem. An der Wand lehnten Metallschilde, manche davon mit goldenen Intarsien, daneben waren Rüstungen aufgestapelt. Lederharnische für Waffen, mit Silberschnallen und steifen ledernen Brustpanzern versehen, nahmen eine ganze Ecke ein. Daneben befanden sich mehrere Bündel auf der Spitze stehender Schwerter, manche davon mit juwelenbesetzten Griffen, zusammengeschnürt wie Weizenähren. Lange Speere lagen neben einem kleinen Haufen Dolche auf dem Höhlenboden.

Fritzen trat vor, suchte sich einen Dolch mit einem Rubin im Griff aus und steckte ihn in seinen Gürtel. Eine Perlenkette fand den Weg in seinen Beutel ebenso wie ein handtellergroßes Silberkästchen. »Wir brauchen leere Säcke, um alles einzusammeln«, verkündete er.

»Nein!« Maques Ton war scharf. »Das gehört uns nicht. Wir sind keine Diebe.«

»Ach? Nun, ich gehe davon aus, daß Lendles Freund Salomdhi dieses Zeug auch nicht ehrlich erworben hat. Und ich wette, er wird die eine oder andere Kleinigkeit nicht vermissen.« Der Halboger stopfte Goldmünzen in seinen Beutel, bis nichts mehr hineinging. Dann lief er durch die kleine Höhle und deutete auf etwas. »Seht euch das an.« Fritzen stand neben einem Stapel Helme und betastete etwas. Maque und Lendle gesellten sich zu ihm. Er hielt einen gut gearbeiteten, gehörnten Helm in der Hand. Die langen, schmalen, geschwungenen Hörner sahen aus, als wären sie scharf genug, um damit einen Feind aufzuspießen. Abgesehen von den strategisch wichtigen Öffnungen für die Augen bedeckte dieser Helm den ganzen Kopf seines Trägers vorn und hinten. Er zeugte von einer bemerkenswerten Handwerkskunst, war gleichzeitig aber auch unaussprechlich häßlich. Fritzen setzte ihn auf. »Das ist der Helm eines Kriegsherrn, nicht der eines Kaufmanns«, sagte der Halboger, stellte den Helm auf seine Größe ein und ließ seine Finger über die Außenseite gleiten. »So etwas habe ich noch nie gesehen.«

»Und du hättest auch diesen nicht sehen sollen«, ertönte eine tiefe Stimme von der Tür her.

Erschrocken fuhren Fritzen und die anderen herum. Salomdhi stand im Eingang zu der Schatzkammer. »Lendle«, schimpfte er. »Was machst du da drin, und wer sind die zwei da bei dir?« Der Kaufmann stampfte mit dem Fuß auf. »Ich sehe schon, aus dir bekomme ich mein Geld nicht mehr heraus! Der Wachtmeister hatte mich gewarnt, du würdest womöglich mehr Ärger machen, als du wert bist.«

»Nein, ich würde sagen, sie sind alle nicht viel wert. Aber sie könnten uns ein wenig Spaß bereiten«, sagte eine größere Gestalt, die neben Salomdhi trat. »Und ich brauche im Moment sehr viel Spaß, Maquesta Kar-Thon.«

Maque erschrak. Die Stimme kam ihr bekannt vor. Dann stieß die Gestalt Salomdhi beiseite und betrat die Höhle.

»Mandrakor!«

Da stand der Piratenkapitän, der als Mandrakor der Räuber bekannt war. Er war ein Halboger wie Fritzen, jedoch nicht so groß, sondern eher untersetzt und muskulös, und an Attraktivität nicht mit Fritzen zu vergleichen. Sein grobes, breites Gesicht war von Warzen übersät. Seine Haare hatte Maque noch nie gesehen; er trug immer ein Tuch fest um den Kopf gebunden. An einem Ohr baumelte ein goldener Ohrring in Form eines grinsenden Totenschädels.

»Was machst du denn auf Saifhum?« fragte Maque. Dann wandte sie sich an Salomdhi: »Was macht er hier bei Euch? Ich habe noch nie gehört, daß ein Kaufmann aus Saifhum mit Piraten Handel treibt!«

In der Zwischenzeit schlich Fritzen unbemerkt auf ein Bündel Schwerter zu, das hinter seinem Rücken stand. Er zog eines heraus und hielt es hinter seinen Beinen versteckt.

Salomdhi sah angesichts von Maques Anklagen ausgesprochen verlegen aus. »Ich ...«, fing er an.

Aber Mandrakor unterbrach ihn sofort. »Meine Geschäfte führen mich in Gegenden, die dich nichts angehen, Maquesta Kar-Thon. Und was wir in dieser speziellen Höhle zu suchen haben – dein kleiner Freund hat uns hierher zurückgerufen.«

Verwirrt sah Maque zu Lendle hin. Erst jetzt fiel ihr auf, daß der Reifen um seinen Knöchel beharrlich in einem blaßblauen Licht pulsierte.

»Welch ein Glück, daß meine Geschäfte mir diesmal die Gelegenheit verschaffen, eine alte Rechnung zu begleichen«, fügte Mandrakor hinzu. »Zu schade, daß dein Vater nicht hier ist. Ich würde das lieber mit ihm selbst klären, Maquesta. Aber so muß ich eben mit dir vorliebnehmen.« Er schnippte mit den Fingern, worauf zwei schattenhafte Gestalten hinter Salomdhi auftauchten und den Ausgang vollständig blockierten.

Daß Maque, Fritzen und Lendle sich in der Höhle befanden, war ein Nachteil, wenn sie kämpfen wollten – außer wenn sie die Piraten oder wenigstens Mandrakor auch hereinlocken konnten. Maque warf einen Blick auf ihre Kameraden und sah, daß sie offenbar ähnliche Gedanken hegten.

Salomdhi begann, die Höhle rückwärts zu verlassen, wobei er Mandrakor mit nervösen Blicken bedachte. »Was hast du vor?« Dann, als der Gesichtsausdruck des Piraten ihm offensichtlich nichts Gutes verhieß, jammerte er: »Ich will damit nichts zu tun haben. Ich will, daß ihr alle von meinem Grund und Boden verschwindet. Dafür bezahlen deine Herren mich nicht, Mandrakor. Hier wird nicht gemordet.«

»Welche Dienste leistet Ihr denn eigentlich diesem Abschaum?« fragte Maque.

»Das sind bloß ehrliche Geschäfte«, verteidigte sich der Kaufmann. »Ich vermiete ihnen diesen Lagerraum und kaufe und verkaufe manches für sie. Sie zahlen gut. Ich stelle keine Fragen. Was sie machen, geht mich nichts an.« Salomdhi schob die Brust heraus und reckte sein Kinn selbstgerecht nach oben. Seine eigenen Worte schienen sein Selbstbewußtsein so gestärkt zu haben, daß er Mandrakor anzusprechen wagte: »Du hast gehört, was ich gesagt habe. Raus hier, und nimm diese … diese … *Spione* mit!«

Mit hochgezogener Augenbraue gab Mandrakor seinen Begleitern ein Zeichen. Jeder von ihnen packte Salomdhi an einem Arm, dann schoben sie ihn in die Schatzkammer.

»Du fetter Kaufmann wagst es, so mit Mandrakor dem Räuber zu reden?« fauchte der Pirat und führte sein Gesicht bis auf einen Zoll an das von Salomdhi heran. »Du glaubst also, du hättest eine saubere Weste, ja? Dann kommt hier eine kleine Lektion für dich. Die sollte sehr lehrreich sein.«

Da Mandrakor sich halb von ihr abgewendet hatte und auf den sich windenden Kaufmann konzentriert war, welchen die zwei Helfer des Räubers festhielten, sah Maque ihre Chance gekommen. Sie ging in die Knie und griff nach einem der Dolche auf dem Höhlenboden. Dann stürzte sie sich von hinten auf Mandrakor, schlang ihre Beine um seinen Leib und einen Arm um seinen Hals, bis sie ihm fast die Luft abschnürte. Dann stieß sie ihm die Spitze ihres Dolches unter das Kinn und warnte ihn, keine Bewegung zu machen.

Sobald Maquesta ihren Angriff begonnen hatte, war Fritzen ein paar Schritte auf die Piraten zugelaufen, die Salomdhi festhielten, und senkrecht hochgesprungen. Mit beiden Beinen trat er kräftig nach vorn und traf die Männer unterm Kinn, so daß sie nach hinten taumelten. Augenblicklich ließen sie den Kaufmann los und stürzten ungeschickt auf einen Haufen ausgekippter Goldmünzen. Der Halboger richtete sein Schwert auf die Brust des Größeren und knurrte. Das Geräusch echote in dem Helm, den er immer noch aufhatte, und zeigte dem Piraten an, daß er besser liegenbleiben sollte.

Salomdhi, endlich befreit, wollte schon davonrennen, doch Lendle hielt ihn an den Knöcheln fest. Danach traf der Gnom dem Kaufmann gezielt in den Magen, drehte ihm den Arm auf den Rücken und fügte ihm damit genau so viel Schmerzen zu, daß der Mann bewegungslos, aber leider nicht schweigend verharrte. Salomdhi, der körperliche Schmerzen nicht gewohnt war, begann zu kreischen, sein Arm wäre gebrochen.

Der andere Pirat, den Fritzen niedergeschlagen hatte, sprang wieder auf die Beine und umkreiste den Halboger mit zwei langen Dolchen in den Händen.

»Zurück«, warnte ihn Fritz, »oder ich schlitze deinem Freund den Bauch auf wie einem Schwein im Schlachthaus, und sein Blut wird über all diese Goldstücke fließen.«

Doch der Pirat ließ sich nicht einschüchtern und zog lachend den Kreis um Fritz enger. In seiner Not ballte der Halboger die Rechte und schlug dem liegenden Mann damit so fest ins Gesicht, daß er das Bewußtsein und nebenbei noch ein paar Zähne verlor.

Maque, die immer noch auf Mandrakors Rücken saß, gefiel die Situation überhaupt nicht. Obwohl der Pirat, mit dem Fritz kämpfte, ein Mensch und deutlich kleiner als der Halboger war, wirkte er agil und erfahren, ein durchaus gefährlicher Gegner.

»Sag ihm, er soll die Waffen fallen lassen!« befahl Maquesta Mandrakor und drückte ihm den Dolch flach an die Kehle. Der Pirat biß schweigend die Zähne zusammen. »Ich mache keine Scherze!« Maque drehte den Dolch und drückte die Spitze in das weiche Fleisch unter Mandrakors Kinn, bis ein feines Blutrinnsal heruntertröpfelte. »Sag's ihm!« befahl sie.

»Yega!« stieß Mandrakor halb erstickt hervor. »Laß deine Messer fallen.«

Der aus Furcht geborene Gehorsam, den der Räuber seiner Mannschaft abverlangte, war so groß, daß der Pirat dem Befehl augenblicklich Folge leistete.

Fritzen hob die Dolche auf, steckte sie in seine Schärpe und zeigte auf den Boden. »Leg dich neben deinen Freund!« ordnete er an. Wieder dröhnten die Worte in seinem Helm. Kopfschüttelnd zog er sich das Ding vom Kopf und ließ es auf den Boden fallen. »Wie kann man bloß so etwas tragen?« murmelte er vor sich hin.

»Lendle, tu doch etwas gegen diesen Krach!« fluchte Maque, als Salomdhi weiterschrie. Lendle riß einen Streifen vom Saum von Salomdhis Seidentunika ab und stopfte dem Kaufmann zu dessen offensichtlichem Ärger den Fetzen in den Mund. Das dämpfte das Geheule, ohne es jedoch ganz zum Schweigen zu bringen. Dem Kaufmann brach der kalte Schweiß aus, und er wand sich noch stärker.

»Langsam jetzt, wir gehen in den anderen Teil der Höhle«, befahl Maque, während sie ihren Griff um Mandrakors Rücken verstärkte. »Erst Yega und sein Kompagnon, danach Fritzen, dann Salomdhi und Lendle. Das Beste heben wir uns für den Schluß auf, Mandrakor.« Maque ging davon aus, daß im vorderen Teil der Höhle Seile liegen würden, mit denen sie Salomdhi und die Piraten fesseln konnten. Dann mußten sie schnell auf die *Perechon* zurückgelangen. Der Zauberreifen an Lendles Knöchel blinkte immer noch. Sie wußte nicht, ob er jemand anderen auf das Gelände des Kaufmanns rufen würde, doch sie wollte auch kein Risiko eingehen.

Yega zog den bewußtlosen Piraten auf die Knie und begann, ihn wie einen Sack Kartoffeln hinter sich herzuziehen. Er warf Maquesta einen Blick voll eisiger Verachtung zu.

Als die Männer gerade am Eingang waren, riß Maquesta die Augen auf. »Fritzen! Achtung!« Die Warnung kam für den Halboger zu spät. Mandrakor hatte einen dritten Piraten im Garten Wache halten lassen, während er und die anderen Salomdhi nach drinnen begleitet hatten. Dieser Pirat stürzte sich nun mit einem geschwungenen Säbel in der Hand gleich hinter der Schiebetür zur Schatzkammer auf Fritzen. Der duckte sich in letzter Sekunde, aber die Klinge traf ihn dennoch fest an der Schulter, was ihn vor Schmerz zusammenfahren ließ. Den nächsten Schlag konnte der Halboger mit seinem gestohlenen Schwert geschickt parieren, aber seine Verletzung hatte ihn erheblich geschwächt.

Das war Yegas Gelegenheit. Der Pirat schoß auf seinen bewaffneten Kameraden zu und zog einen Dolch aus dessen Gürtel. Jetzt standen die beiden dem Halboger gegenüber und rückten immer näher an ihn heran.

»Lendle! Geh und hilf ihm – ich passe auf den Kaufmann auf.« Obwohl Lendle ein erfahrener Kämpfer war, befürchtete Maque, daß Mandrakor den Gnom würde überwältigen können, falls sie Fritzen zu Hilfe eilte. Daher war ganz allein sie selbst für Mandrakor verantwortlich.

Bevor der dritte Pirat Fritzen wieder angreifen konnte, stürmte Lendle vor. Er flitzte unter dem Schwert des Halbogers hindurch, holte mit einer kleinen Gartenhacke aus und traf den Piraten am Bein, so daß dieser laut aufschrie. Als der Pirat sich bückte, um seine Wunde zu untersuchen, sprang der Gnom so hoch, wie seine kurzen Beine es ihm erlaubten, und hieb seinem Gegner die Hacke in die Brust. Die Spitze bohrte sich durch das bunte Hemd des Piraten bis in sein Herz. Mit einem glasigen Gesichtsausdruck kippte der Mann nach vorn. Gleichzeitig drängte der dritte Pirat mit dem Dolch vor und versuchte, Fritzen den Bauch aufzuschlitzen. Der Halboger, der sein Gleichgewicht immer noch nicht wiedergefunden hatte, schaffte es gerade so, seine geliehene Waffe festzuhalten, aber die Säbelverletzung verhinderte, daß er seinen rechten Arm benutzen konnte. Der Pirat nutzte seinen Vorteil und sprang auf den Halboger zu. Fritzen warf sich zur Seite und stieß dem Piraten mit seinem unverletzten Arm das Schwert unter den Rippen hindurch, bis die Spitze der Klinge aus dem Rücken wieder herauskam. Der Pirat stürzte zu Boden, und der verwundete Fritz landete praktisch über ihm. Der letzte

Gegner, der nun wieder zu sich gekommen war, kroch auf den Säbel seines gefallenen Kameraden zu. Doch Lendle stellte sich ihm in den Weg und hielt ihn mit der kleinen Harke in Schach.

»Sofortfallenlassen!« brüllte der Gnom.

Der Pirat sah Lendle an, der das blutige Gartenwerkzeug schwenkte, warf Mandrakor einen Blick zu und schleuderte den Dolch schließlich auf den Höhlenboden.

»Und jetzt auf den Bauch legen«, ergänzte Lendle, der nun wieder langsamer sprach, damit der Pirat ihn auch wirklich verstand. Als der Pirat gehorchte, setzte sich der Gnom auf seinen Rücken und sah zu Fritzen hinüber. »Alles klar bei dir?«

Der Halboger stöhnte und rappelte sich mühsam von dem toten Piraten hoch. Er sah Lendle an und grinste einfältig. »Du kannst also doch mehr als kochen«, scherzte er. Dann kniff er vor Schmerz die Augen zusammen und besah sich anschließend seine Schulter.

Nur die Spitze von Maquestas Dolch und die Gewißheit, daß sie die Waffe ohne zu zögern benutzen würde, ließen Mandrakor weiter stillhalten. Salomdhi hingegen kam langsam auf die Beine und stand vor Angst und Schrecken wie gelähmt da, ohne sich auch nur den Knebel aus dem Mund zu nehmen. Mit großen Augen starrte er die Leichen und das Blut an.

»Lendle, du fesselst den Piraten, auf dem du sitzt, und dann Salomdhi. Anschließend hilfst du mir mit Mandrakor«, wies Maque den Gnomen an. »Fritzen, wie geht es dir? Du mußt fest auf die Wunde drücken!«

Der Halboger saß mit dem Rücken zur Wand und hielt sich die blutende Schulter. »Ich tue, was ich kann, Maquesta. Ich habe einiges an Blut verloren, aber ich bin besser dran als die beiden da.« Er wies in die Richtung von Mandrakors toten Piraten. »Ich schaffe es schon zurück auf die *Perechon.*«

Maque rutschte von Mandrakor herunter, drehte diesem die Hände auf den Rücken und fesselte sie mit einem festen Hanfstrang. Dann zwang sie ihn auf die Knie und gab ihm einen Stoß. Er drehte gerade rechtzeitig den Kopf zur Seite, um nicht mit dem Gesicht auf den Steinboden zu fallen.

»Das wäre also schon die nächste Rechnung, die ich mit den Kar-Thons zu begleichen habe«, sagte Mandrakor bitter. »Ich schätze, ich werde sie von jetzt an dir präsentieren, Maquesta, da Melas ja nicht mehr zur Verfügung steht«, höhnte er.

»Was weißt du über meinen Vater?« fragte Maque scharf. »Was hast du gehört?«

»Ich habe Freunde in Lacynos«, erwiderte der Pirat. »Ich weiß, daß Melas' Leben von zwei Dingen abhängt: von deiner rechtzeitigen Rückkehr und davon, ob ihr erfolgreich sein werdet.«

Maque runzelte die Stirn. Es verwirrte sie, daß der Räuber den Zweck der Reise der *Perechon* kannte. »Haben deine Herren in Lacynos etwas mit diesem Schatz und der Waffenkammer da drin zu tun?« fragte sie im verzweifelten Versuch, die Zusammenhänge zu begreifen.

»Ich habe nicht Herren gesagt, sondern Freunde«, antwortete der Pirat scharf. »Ich habe viele Interessen, und in diesem Fall stimmten die Interessen meiner Freunde mit meinen eigenen zufällig auf eine Art überein, die mir die Börse füllt«, fügte er hinzu und weidete sich sichtlich an Maques Unbehagen.

»Nun, *meine* Interessen erstrecken sich nicht auf die Lösung von Rätseln, die mir ein Wurm wie du stellt«, sagte Maque und stand auf. Die Piraten und Salomdhi waren jetzt alle gut gefesselt. Maque ging zu dem Kaufmann, der zitterte und schwitzte und sich offenbar in einem Schockzustand befand.

»Ich habe noch nie gesehen, wie jemand getötet wurde«, flüsterte er zu Maque hoch.

Sie sah ihn verächtlich an. »Ich vermute, deine *ehrlichen*

Geschäfte haben dich auf einen Weg geführt, auf dem du noch vieles sehen wirst, welchem du nie zuvor begegnet bist – und welchem du auch gar nicht begegnen willst. Also, wo ist der Schlüssel zu Lendles Knöchelzauber?«

Der Kaufmann deutete mit dem Kopf auf seine Weste. In einer Innentasche fand Maque den Schlüssel. Sie nahm dem Gnomen den Reifen ab, ein schmales Band aus glattem, grauen Stein, in das weiße Steine eingelassen waren, welche immer noch aufblitzten.

»Wo hast du das her?« fragte sie.

Salomdhi nickte zu Mandrakor hin, der jedoch grinste Maquesta nur an.

Da sie wußte, daß sie aus dem Piraten nichts herausbekommen würde, warf Maque den Zauber auf den Boden. »Vielleicht findet man euch dann leichter«, sagte sie. »Gehen wir«, fügte sie an Lendle gewandt hinzu. Sie half Fritzen beim Aufstehen und stützte ihn, als sie die Höhle verließen.

»Bis zum nächsten Mal, Maquesta«, rief Mandrakor ihr noch nach, als sie die Tür hinter sich zumachte.

Während sie durch Salomdhis Haus liefen, riß Lendle eine Tischdecke aus Leinen in mehrere Streifen und verband damit Fritzens Wunde, um den Blutstrom aufzuhalten. Die drei bemerkten, daß sie beobachtet wurden, doch nicht ein einziger Diener tauchte auf oder versuchte, sie aufzuhalten.

»Es ist gefährlich, eine Frau wie dich in der Nähe zu haben«, sagte Fritz scherzhaft zu Maquesta, als sie auf die Straße hinaustraten.

»Hast du nicht gesagt, du würdest gern gefährlich leben?« erwiderte sie bemüht leichthin, aber ihr Gesicht verriet ihre Besorgnis. »Wir müssen so schnell wie möglich zur Werft zurück und dann hinaus zur *Perechon*. Ich habe das Gefühl, daß es nicht lange dauern wird, bis diese Schurken Hilfe bekommen.«

»Ich muß noch einen kurzen Abstecher machen, wenn wir

an der Werft sind«, sagte Fritz. »Ich habe eine Perlenkette in der Tasche, welche die Schulden bei meinen Freunden begleichen wird. Stell dir einfach vor, dein *Freund* Mandrakor hätte dir neue Segel gekauft.«